ハヤカワ文庫 SF
〈SF2092〉

宇宙英雄ローダン・シリーズ〈530〉

黒いモノリス

クルト・マール&クラーク・ダールトン
増田久美子訳

早川書房
7855

PERRY RHODAN

FELS DER EINSAMKEIT

DER PLANET VULKAN

by

Kurt Mahr

Clark Darlton

Translated by

Kumiko Masuda

First published 2016 in Japan by
HAYAKAWA PUBLISHING, INC.
This book is published in Japan by
arrangement with
PABEL-MOEWIG VERLAG GMBH
through JAPAN UNI AGENCY, INC., TOKYO.

目次

黒いモノリス

黒いモノリス

クルト・マール

登場人物

ペリー・ローダン……………………………宇宙ハンザ代表
ジェン・サリク………………………………深淵の騎士
ジェフリー・アベル・
　　　　　ワリンジャー……………………ハイパー物理学者
アラスカ・シェーデレーア…………………マスクの男
イルミナ・コチストワ………………………メタバイオ変換能力者
マルチェロ・パンタリーニ…………………《ダン・ピコット》艦長
ニッキ・フリッケル
ウィド・ヘルフリッチ } ……………………同乗員
ナークトル……………………………………同乗員。スプリンガー
カルフェシュ…………………………………ソルゴル人

1

監視ステーションは巨大な黒いモノリスのすぐそばに設営された。その岩は谷にかこまれた盆地のまんなかにそびえていて、百五十メートルの高さがある。ここは有毒な高密度の水素大気を持つ惑星EMシェンだった。ちいさな赤い恒星のまわりをめぐる、たったひとつの惑星だ。その赤色矮星は、球状星団M‐3としてテラの天文学者に以前から知られている高密度な星群のなかのひとつだった。

ペリー・ローダンはケスドシャン・ドーム地下の丸天井の部屋で見つけた手がかりに導かれて、ここまできた。M‐3はポルレイターのかくれ場だったのだ。

谷のずっと東よりに、《ダン・ピコット》の球形の艦体がそびえていた。直径は二百メートル。ペリー・ローダンがM‐3に連れてきた艦隊の一隻で、のこりの艦船は五百二十光年はなれたところにいる。球状星団の実質的な境界の外、星図上ではオミクロン

＝15CVと書かれた星系の近くだ。

監視ステーションはたいらなドームだった。直径百メートル、中央部分の高さは十メートル。しなやかながら衝撃に強い素材でつくられている。空気を吹きこんでいまのようなかたちにすることも考えたが、EMシェンの恐ろしい高重力下では、おのずと不可能なので、エネルギーで成型された。内部はいくつかの部屋にわかれていて、どれも呼吸可能な空気で満たされている。エアロックがふたつ、ドーム内部に通じていた。ひとつは南向きだが、もうひとつは北を向いていて、モノリスに面している。

ドーム中央にジェフリー・アベル・ワリンジャーのラボがあった。今回はいつものように応用数学の問題にとりくむだけでなく、専門分野からすこしはなれるが、岩石の検査分析にもとりくんでいた。

ワリンジャーが自動測定機の投入口に岩石を砕いたものをごくわずかいれたのを、ローダンは見ていた。四十秒ほどで、接続したヴィデオ装置に最初のデータがあらわれる。

「それで……どのくらいの年代だ？」ローダンはたずねた。ワリンジャーは振り向くと、にやりと笑った。

「とにかく、辛抱してください、友よ。いま、安定同位体比にとりくんでいるんです。ある程度はっきりしたことがわかったら、この岩がどのくらい古いかをいいますよ。もちろん正確ではなく、おおよそですが」

ローダンは物理学者の肩をやさしくたたいた。

「そうしてくれ。そのあいだに岩を近くで見てみよう」

ワリンジャーの顔が心配そうになった。

「その計画をやめるわけにはいかないんですね？」それは質問というよりも、むしろ確認だった。

「やめる理由がない」ローダンは答えた。

「たしかに論理的な理由はありません」科学者は認めた。「でも、あの岩はなにかおかしい。そもそも、あそこにあるはずがないんです。浸食でとっくにぼろぼろになっているはずですから。最初の大まかな分析が出るのを待ってはどうですか？」

ローダンはかぶりを振り、真顔でいった。

「待てないんだ、ジェフリー。わたしはポルレイターを見つけなければならない。あるいは、ポルレイターがのこしたものを。EMシェンはその第一歩なのだ。あとどのくらいの場所を探さなければならないか、わからない。それぞれの場所に一週間滞在するとしい……どのくらいになるか、わかるだろう？　この球状星団には五十万の恒星がある」

ジェフリーはすぐに答えなかったが、

「いいでしょう」しばらくしていった。「あなたをとめられないのなら、せめてわたしの助言を肝に銘じていてください」

「わかった」

「根拠があって信頼のおける科学的なものではないのですが」ジェフリーはすこし困ったようなようすだ。「むしろ予感といったほうがいいかもしれません。あの岩は非常にきびしい環境にさらされており、大気の化学作用による浸食のはげしさは想像を絶するものがあります。しかし、岩に風化の痕跡は見られない。もしかしたら、外部からの影響に対して身を守る力を持っているのかも」

ローダンは注意深く聞いていた。

「なるほど。で、きみの助言は？」

「注意してください」ジェフリーは真剣そのものだった。「岩はあなたのことを、身を守るべき影響のひとつとさえ思わないかもしれません！」

*

朝日はひろい盆地をうっすらと赤く染めていった。巨人同士がはげしく戦ったなごりのように、大きな岩が谷底に転がっている。切りたった山が大きなカーブを描いて、そこをとりかこんでいた。風が谷のなかで比較的おだやかなのはこの山のおかげだ。その向こうはEMシェンのはてしない岩石砂漠で、たえずハリケーンが吹きあれている。靄が立ちこめていた。気温はアンモニアの露点をはるかに下まわっている。アンモニアはメタンとならんで大気中の水素ヘリウム混合物にもっとも多くふくまれる。あちこちで雪が降りはじめた。アンモニアの雪は積もって丘のようになり、気温の上昇でまたすばやく消える。

この谷には不気味な住民のEM海綿以外に、特別なものがふたつあった。そのひとつは南西にあるアンモニアの湖だ。湖面は波もなく、赤色矮星の鈍い光を浴びて、陰鬱な鏡のように光っている。岸にはたったひとつの石もない。

もうひとつが、あの〝岩〟だ。ほかに呼びようがなかった。すり鉢状の谷のほぼまんなかにあって、黒い玄武岩のような物質でできている。恒星の位置によって鈍く光り、まるで銅のようだった。モノリスだ。表面にはほとんど亀裂もない。ほかの岩石には絶え間ない風化による浸食作用で多数の穴があいているのに、この岩にはそれがない！　自然がつくりあげたもののように立っている。数十万年、あるいは数百万年前から。

誇り高く、頑固で粘り強い印象が、見る者に伝わってくる。過酷な環境に耐えてその原形をたもってきた粘り強さだ。《ダン・ピコット》の乗員がこの岩について語るとき、その言葉には命あるものを語るような響きがあった。岩の前に立つと畏怖の念を感じるのだ。ステーション・ドームの北側にあるエアロックにもどるときは、かならずもう一度振りかえり、なめらかな岩を見あげる。巨石の恩恵をたしかめるのに、忘れてはならない儀式のように。

ローダンも同じだった。大きく膨らんだ重サヴァイヴァル・スーツに身をつつんでエアロックから出てきたとき、最初の視線を高くそびえたつ岩にまっすぐに向けた。岩へ敬意を表したのだ。その視線はいっていた。あなたを尊敬している、と。

外側マイクロフォンがハリケーンの絶え間ないうなりを伝えていた。はるか山々の向こうから響いてくるのだ。岩に勢いをそがれ、おだやかになった風のうつろな音もする。

ローダンは同行者たちに、計画の概要をもう一度かんたんに伝えた。

「南の面を登る。目的は、割れ目や穴を見つけて、岩の内部へ侵入することだ。岩のサンプルを集めて、内部構造が表面とどう違うか、調べる」

「別々に行動してはどうですか？」ジェン・サリクのいつものようにおだやかな声がした。「それぞれが場所を決めてとりくめば、早く終わるでしょう」

「ジェン、きみはまだこの岩に充分な敬意をはらっていないな」ローダンはやさしくその提案を却下した。「わたし個人としては岩を信用していない。われわれの背後を守る者がドームに三人いて、岩の南面から目をはなさないようにしてくれる。なにかあったら、すぐに助けを送ってくることになっている。だから、別行動したくないのだ」

「フィールド・バリアは？」アラスカ・シェーデレーアはそれだけたずねた。

「さしせまる危険から身を守るために必要となるまでは、切っておく」ローダンは答えた。

四人めのメンバーは、当面なにもいうことがなかった。ウィド・ヘルフリッチ、《ダン・ピコット》の搭載艇第三艇長である。ドームでの任務にみずからすすんで名乗りをあげた。艦内ではどっちみち、なにもすることがなかったからだ。背が高く痩せていて、骨ばった馬面をしており、皮肉屋で口数が多く、哲学的な格言をひけらかす。ローダンがこの男を今回の計画に登用したのは、異鉱物学の分野でしっかりとしたバックグラウンドを持っているからだ。

ローダンが合図すると、メンバーたちは重サヴァイヴァル・スーツのグラヴォ・パックを低重力に調整して、ゆっくりと上昇していった。

＊

その割れ目はこちらを脅かしているように見えた。陰険な敵意を感じる。高さは二メートルで、幅はその二倍。八十メートルの高さにある出っぱりにかくれていたのを、ローダンが発見したのだ。ヘルメット・ランプの光がとどくかぎり、内壁はなめらかだった。奥は見えなかったが、浅くへこんだ場所があり、ちいさな洞穴がいくつか見られる。いずれも、モノリス内部には数メートルほどしかはいっていけないようだ。ローダンはこれらには目もくれなかった。自分でも理由はわからないのだが、もっといいものが見つかるという確信があったからだ。この予感はあたった。

浅い角度でくだっている横坑を発見。ローダンは最初にはいっていくことにし、ドーム内で見守っている三人に状況をかんたんに説明した。横坑の入口が岩の大きな出っぱりにかくれて、下からはもう見えないからだ。

横坑にそって水平に浮遊していった。投光器の明かりがまわりのなめらかな岩肌に反射する。つい最近、磨いたように見える。岩の細かいかけらも落ちていない。このなかも浸食の跡はない。外から聞こえてくる音はしだいにちいさくなっていった。重サヴァイヴァル・スーツの左袖にならぶスイッチのひとつを押して、一連の計測データを呼びだした。ヘルメット・ヴァイザーの上部に数字と記号が連続してあらわれる。重力は通常どおり。大気組成もそれほど変わっていない。しかし、気温は十度以上あがっていた。

二十メートルほどはいると、尖った角を見つけた。右の岩壁の下のほうにつきでている。

「あれならサンプルがとれるかもしれませんね」アラスカはいった。「ほかのものはあまりにもなめらかすぎる」

「ためしてみる価値はあるだろう」ローダンは認めた。

マスクの男は地面近くまで降下した。さまざまなものがはいっている道具ベルトからちいさなハンマーをとりだす。鉱物学者たちが二千年以上前にサンプルの採取に使ったものと同じだ。この岩は機械的な方法か、最悪の場合でも化学的な方法で調べることが重要だと、ローダンは考えていた。モノリスの不思議な特性を考えると、核の利用、あるいはハイパーエネルギーの使用はあまりに危険だ。

アラスカが作業をしているあいだ、ローダンはヘルメット・ランプで前方を照らしてみた。岩の奥に向かって十五メートルほどの場所から、横坑がせまくなりはじめている。目測どおりなら、そこから先にははいれないだろう。かさばった重サヴァイヴァル・スーツでは動きがとれないほど、せまくなっている。

アラスカの怒ったような大声でぎょっとした。

「そんなはずないのに……ペリー、見てください！」

ローダンはかがみこんだ。アラスカは楽に仕事ができるように、グラヴォ・パックをテラの通常重力に調整していた。大きな手袋の指先二本でちいさなハンマーをつまんでいる。ハンマーが音をたてて岩の角にあたったが、甲高く大きな音とともにはじき飛ばされた。岩角には傷もついていない。

「まるで強力な鋼製ばねのようです」アラスカは憮然とし、マスクの奥の目には信じられないことへの驚きが宿っていた。

「わたしにやらせてくれ」ローダンはハンマーをアラスカの手からとった。

岩角の先端を狙って、かなりの勢いでハンマーを打ちおろした。反動に驚いた。手首が痛む。甲高い音がして、次の瞬間、ハンマーは大きな弧を描いて飛んでいくと、重サヴァイヴァル・スーツの人工重力フィールドをはなれて、地面に落下した。

ローダンは立ちあがると、

「岩が殴りかえしてきた」啞然として、つぶやいた。

アラスカはハンマーをひろいあげた。

「いったいだれがこんなことを?」腹だたしげだが、どこか滑稽だ。

「そっとしておこう」ローダンは提案した。「どうやら、岩はからだの一部分をつまみとられたくないらしい」

なんてことだろう。その思いが頭をよぎった。わたしはもうすでに、これが生きているもののように、話している!

＊

目測は正しかった。横坑が幅二メートル、高さ一メートルほどになった。かさばる重サヴァイヴァル・スーツで通りぬけるにはせますぎる。

「通常の宇宙服ならば通れるのですが」ジェン・サリクはいった。

「通常の宇宙服でここが快適かどうか、確信が持てない」ローダンは答えた。

ウィド・ヘルフリッチはせまくなったところを近くから調べていた。

「トンネル内のボトルネックのようなものです。その先はもともとの大きさで横坑がつづいています」

「チーフはいったじゃないですか。いざとなったら化学的な方法を使うと」

「これが〝いざとなったら〟なのか？」ローダンはたずねた。

「ミニ爆弾三つか、せいぜい四つですよ」ウィドは自己弁護した。「それだけあればボトルネックが吹き飛ぶし、先に進むことができますよ」

ローダンはためらった。

「すこし大げさに考えすぎているんじゃありませんか、ペリー？」ジェン・サリクが口をはさんだ。

ローダンは譲歩した。

「いいだろう。ミニ爆弾三つだな。しかし、カプセルが爆発するときは、シャンパンを開けるときくらいの音にしてほしいものだ！」

ウィド・ヘルフリッチはヴァイザーごしにローダンに満面の笑みを向けた。ベルトについたちいさなドリルを持って岩に向かう。ローダンはモノリスが岩の角をたたきおとそうとしたときのように、抵抗するのをなかば期待していた。しかし、ウィドの作業はうまくはかどったようだ。数分後には、カプセル爆弾三つを設置した。それぞれ、まち針の頭ほどの大きさだ。

「われわれは数メートルあともどりするほうがいいでしょう」ウィドの声をヘルメット・テレカムが伝えた。

「待て！」ローダンは急にいった。意識の奥に、迫る危険を警告するものがある。混乱した。自分ではまったく考えていなかったというのに、いったいなぜ、そんな気がしたのだろう？

「時間がありません」ジェン・サリクはせきたてた。

「そのとおり」ウィド・ヘルフリッチが叫んだ。「まず、いちばん上に置いた爆弾でためしてみましょう」

手にはすでにコード発信機を持っている。ローダンの警告は遅すぎた。鈍い閃光が岩壁から飛びだす。石のかけらがいくつか音をたてて落ちた。ウィドは約束を守った。小規模な爆発だった。中くらいの花火と同じくらいの影響だったかもしれない。

ウィドが第二の起爆装置を作動させようとすると、奇妙な音が岩全体から響いてきた。遠くからのささやきのようだったが、一瞬ののち、うめき、ひどく苦しむようなきしみ音が大きくなった。ローダンは目をあげた。頭上に亀裂がはしっていたのだ。それが動き、拡大し、あらゆる方向に枝分かれしていく。

「あぶない！」アラスカの叫び声が響いた。「横坑が崩れおちる！」

＊

一行は大急ぎで横坑の出口に向かった。ローダンはジェン・サリクとウィド・ヘルフリッチを先に通そうとわきによけて、しんがりをつとめた。出口までの距離はほんのわずか、三十メートルもない。しかし、岩の動きは生命に関わるほど、急速に危険な状態になっていった。

強い地震が巨石を揺すったようだった。これまで非の打ちどころがないほどなめらかだった壁にひびがはいった。背後で天井部分が崩落するはげしい音が聞こえる。

砂が隙間から地面に落ち、揺れによってまた高く舞いあがる。あたりは靄がかかったようになった。ローダンのヘルメット・ランプの光は、まるでかたい物質でできた一本の棒のように浮かびあがっている。

ドームの三人からようすをたずねる声が聞こえてくるが、ローダンは無視した。いまの状況では自分たちで身を守るしかない。外からのどんな助けも遅きに失する。思い違いだろうか……それとも、実際に横坑の天井がさがりはじめたのか？　渦を巻く砂で視界がゆがむ。すぐそばを歩くウィド・ヘルフリッチの姿は、影のようにぼんやりと輪郭だけが見える。横坑の出口まで、あとどのくらいあるのだろう？　なぜ恒星の赤い光が見えないのだろうか？

音が響きわたる。はげしく打ち鳴らす大きな鐘の響きのように。足もとの地面がふたつに割れた。岩のかけらが上から落ちてきて、肩にあたった。たいして痛くはなかった。重サヴァイヴァル・スーツが衝撃をほとんど吸収するからだ。からだをななめにして、高いところをじっと見た。

天井がすぐ上にあった！　地面と天井のあいだはもう一メートル半もない。なにかをひっかき、削りとるような音がする。サヴァイヴァル・スーツの表面が黒い岩をずっとこすっているのだ。

「外に出た！」アラスカの勝ち誇ったように叫ぶ声がする。

まだ遠いのだろうか？　その思いがローダンの頭に浮かんだ。岩よ、持ちこたえてくれ！　サヴァイヴァル・スーツは非常に役にたつ、耐久力のある装備だが、数十万トンの岩の圧力に耐えることはできない。前進するのがますます困難になってくる。スーツがたてるいやな音は大きくなり、ますますせまくなる両方の岩肌にあたってきしむ。

はさまったままになるかもしれない！　グラヴォ・パックの能力はかぎられている。高さ百五十メートルのモノリスに捕まったら、無力だ。選択肢はのこっていない。フィールド・バリアを作動しなければ。

移動速度はほとんどゼロになっていた。いつのまにか、ウィドとジェンは外に出ていて、急げと声をかけてくる。一瞬、ローダンの顔に皮肉な笑みが浮かんだ。思いどおりに動けるのなら、そうしているとも！　痙攣するように揺れるトンネルの壁にはさまれた状態で、左腕にあるスイッチに右手で触れるのはむずかしい。しかし、できた。ボタンを押して、フィールド・バリア・ジェネレーターを作動させる。バリアの出力は五十パーセントに調整した。

　まわりがいっきに明るくなった。バリアのハイパーエネルギー・フィールド層で、接触している岩が蒸発する。生き地獄がはじまった。つかまるところもなく、あちこちに投げ飛ばされた。岩は手強い相手だった。フィールド・バリアと岩のあいだで相互作用が生じ、力学的震動がおこる。それをグラヴォ・パックはもはや吸収できない。ローダンのからだが自身を軸として回転をはじめる。まばゆいバリアの光と黒い岩肌の境界が定かでなくなり、頭が混乱してきた。方向感覚を失う。もうどっちに行けば出られるか、わからなくなっていた。外側マイクロフォンから、なにかが割れるような轟音が響いてくる。

〝それではだめだ！〟

この考えが狼煙のように頭に浮かんだ。手袋をはめた右手をのばして、左腕に触れた。なにも見えないが、手袋の高機能素材がひとつひとつのスイッチの感触を伝える。順番はおぼえていた。

ここだ、フィールド・バリア・ジェネレーターのスイッチだ！　それを押した。轟音はすぐに消えた。ローダンは高温に熱せられた砂の舞うなかで浮遊していた。向こうに赤く鈍い光が見える。グラヴォ・パックはまだ作動していた。赤い光に向かって進んだ。二秒後、横坑の出口をぬけた。耳のなかで笛のような音が鳴っていて、わずらわしい。轟音で鼓膜がおかしくなっていたのだ。それにかぶさるように、横坑を出たところで待ちかまえていた同行者たちのよろこびの声が聞こえた。

2

「岩があなたに〝話しかけた〟のですか？」

ジェフリー・アベル・ワリンジャーは驚きのあまり、口を開けて立ちどまった。

「話しかけたのではない」ローダンは否定した。「岩が二回、警告するのを感じたんだ。一回めはウィドが爆弾に点火する直前に、二回めはわたしがフィールド・バリアを作動させたときに。突然、〝それではだめだ〟と、頭に浮かび、わたしはバリアを切った。その瞬間に安全になった」

ジェフリーはデスクの上のメモ・フォリオをただあちこち動かした。困惑をごまかして、時間を稼ぐためだ。

「ペリー、わたしは精神科医ではありません」しばらくして、いった。「わたしも岩には畏敬の念を持っています。だが、あなたの場合は度が過ぎているような気がする。自分自身の頭が生みだしたことを、岩のせいにしているのですよ。岩のサンプルをとろうとしたとき、ハンマーがあなたの手から飛んでいった。それを見て自然と結論づけたわけです……傷つけられるのを岩が拒んだ、と。そんな考えが意識にあって、爆弾の準備をするウィドを観察していた。危険を知らせる考えが突然に頭に浮かんだというのと、どちらが理解しやすいですか？　それに、フィールド・バリアがまわりに災(わざわ)いをまきちらしたならば、それを切る以外の考えは浮かばないのではありませんか？」

「わかったよ、ジェフリー」ローダンはすこしほほえんで譲歩した。「いいたいことは理解できるし、きみが正しいと信じる努力もしている」両手を開いて大きくひろげて、和解のしぐさをしてみせた。「ま、わたしをうまく説得する人間がいなかっただけだ」

　科学者は真顔のままで、

「だからといって、あの重そうな岩を軽く見ないでください」と、警告した。

「きみの隠喩は専門家の手直しがすこし必要だな」ローダンはあっさりといった。

　ジェフリーはたわいない冷やかしに耳をかたむけなかった。

「あの岩はわたしがかつて関わったなかで、もっとも非現実的なもののひとつです」そう説明した。「われわれはこれまで、この惑星の安定同位体比に関して、おおよその見当をつけていました。ところが、太陽系の物質の比率とまったく違うじゃありませんか！　しかし、種族Ⅱの恒星群に属するなら、こんなものですかね？」

　ジェフリーはローダンがつのるいらだちをおさえて聞いているのに気づいた。そこで、すぐに本題にはいった。

「ということで、われわれはいくつかの岩のサンプルで時代鑑定をすることができました」

「サンプルをどうやって手にいれたんだ？」

「折ってとりました」ジェフリーは答えた。「かんたんなことです。地面のすぐ近くの岩には、下のほうにたくさん凹凸があある。そこから好きなだけサンプルを持ってこられますよ」

「それで、結果は？」

「岩が生成されたのは八十万年前から二百万年前です」

ローダンは苦笑いした。

「なんということだ、その科学的精密さに唖然とするな！　それなら、疑問をはさむ余地はないではないか」

「からかわないでください」ジェフリーは憤慨した。「われわれは自分たちができることをしました。安定同位体比分析はおおよそのものでしかない。それに、集めたサンプルの組成はさまざまなんです」

「なるほど。きみたちはすばらしい仕事をした。本気でいっているんだ。しかし、まだなにか……」

「われわれは谷にあるべつの岩も調べました」科学者は相手の言葉をさえぎった。「大部分があのモノリスと同じタイプであるだけでなく、同じような年代に生成されたものです」

しばらく、ふたりは黙っていた。ローダンはふたたび話しはじめた。しかし、これまでのように軽い調子ではなかった。

「きみの話からすると、奇妙な景色が浮かんでくる。八十万年から二百万年前、盆地にはそのような黒いモノリスがいっぱいだったのか？」

「当時、ここがそもそも盆地だったならば、そうです」ジェフリーはうなずいた。

「そのなかで、これだけがのこっているのか？」

「そのようです。ただのこっているだけでなく、もともとのかたちをたもちつづけている」

ローダンは相手をしげしげと見つめた。

「なぜだ、ジェフリー？」

科学者はとほうにくれたように、

「わかりません」

＊

ローダンは二、三時間の休養をとった。岩のなかでの経験は衝撃的で、見た目よりもはるかに疲れていた。

ジェフリーのいったことはたぶん正しい。自分が聞いたと感じ、啓示だと思った警告は、過度の興奮による幻聴以外のなにものでもなかったのだ。岩が話しかけたのではない。自分の理性が危険を見ぬいていたのだろう。それでも謎がひとつのこる。フィールド・バリアを作動させる前、岩にとりかこまれていた。前進はできず、ジェネレーターにスイッチをいれたその場所から横坑の出口は見えなかった。だが、フィールド・バリアを切るとすぐに、障害はなくなっていた。そして、出口は目の前にあった。

偶然が重なったのか?

それ以外に考えられるか? ほかの説明はあまりに奇妙すぎて、理解できない。

もう一度、岩に行ってみよう。こんどはひとりで。集中する冷静さと時間が必要だった。ごく親しい友にもこの計画は黙っていよう。そうでないと、ありとあらゆる方法を使ってとめようとするにちがいない。

思いはあてどなくさまよいはじめた。ケスドシャン・ドームの式典を思いだす。そこから持ちかえり、ネーサンが解読した座標のこと。ネーサンが解読できず、無意味だと判断したのこるわずかのこと……インポトロニクスは、ローダンがすでにうすうす感じていたことを正しいと認めた。ポルレイターの秘密のかくれ場は銀河系にある、と。座標がしめしたのは、テラから三万四千光年ほどはなれた球状星団M－3だった。ただちにＭ－３調査の準備がはじまる。調査団の組織と計画が熱心に進められるなか、ポルレイターがよりにもよって自分たちの故郷銀河をかくれ場として選んでいたことに対する、信じられない驚きがあった。

調査団はほぼ三百隻からなる部隊を擁していた。自由テラナー連盟の球型宇宙艦と宇宙ハンザの楔型艦である。とくに言及に値いする艦が二隻あった。一隻は《ラカル・ウールヴァ》、ブラッドリー・フォン・クサンテンの指揮する直径二千五百メートルの巨大艦だ。フォン・クサンテンは通常は、テラの四艦隊のうち、名誉な名を持つ《ラカル・ウールヴァ》を旗艦とする艦隊の司令官である。もう一隻はローダンの乗る《ダン・ピコット》で、最新型のスター級重巡洋艦だ。《ダン・ピコット》は球状星団の辺縁部まで進出した唯一の宇宙艦である。艦隊ののこりは球状星団中枢部から六百三十光年はなれた待機ポジションにいて、信頼できるロナルド・テケナーとジェニファー・ティロンのチームが指揮をとっている。

《ダン・ピコット》の進出は平穏ではなかった。見知らぬ勢力に行く手を阻まれ、明らかに自然に起きたとは思えない現象が観察されたのだ。ポルレイターが自動防御システムでかくれ場を守っているのではないかという結論に達したのだが、ジェン・サリクが突然とんでもないことを考えた。監視騎士団のメンバーである自分とペリー・ローダンがプシオン性センサーに正体を明かしたら、この防御システムは黙って通過させてくれるかもしれない、と。

ジェン・サリクの驚くべき計画は大成功だった。グッキーの力を借りて、ローダンとサリクははげしい重力漏斗の中心に飛びこんだ。漏斗は消え、《ダン・ピコット》の障害はすべてとりのぞかれた。そのあいだにジェフリー・ワリンジャーはべつの謎を発見していた。理由はわからないが、ネーサンが解読不能としていた座標のある部分が突然、変化していたのだ。なんの影響で変化しはじめたか、だれもつきとめられなかった。しかし、ジェフリーはデータの解釈を可能にする説を展開した。

その手がかりは、有毒な水素大気を持つ大質量惑星がめぐっている赤色矮星の方向をしめしていた。《ダン・ピコット》の天文学者はその惑星に〝EMシェン〟という名前をつけた。有毒な大気をのぞけば、遠くからはどうということのない惑星に見える。しかし、よりくわしい調査で、危険な惑星であることが証明された。毛の生えた皿状のからだを持つ無数の生物が住んでいたのだ。その生物のからだはどのような液体に対しても親和性を持つ。液体を吸収した結果、とてつもなく大きな海綿に似たものになるのだ。この〝EM海綿〟の有害な行動はスペース＝ジェットを墜落させ、犠牲者を出した。さらに驚くのは、EM海綿のなかに、テレパスのグッキーとフェルマー・ロイドが知性体と判断した種が存在することだ。とはいえ、その思考インパルスは理解できなかったのだが。

　EMシェンへの着陸のさいに、ローダンは、いつも携帯しているライレの〝目〟が機能しなくなったことを知った。〝目〟があれば、球状星団の外で待っている艦隊に……すくなくとも、宇宙ハンザ所属の船には……瞬時にうつれるのだが、その可能性はもうなくなった。

　この謎の惑星がおよぼす影響はほかにもあった。どこか地表のある場所から、ミュータントを疲れさせ、動きを鈍らせる放射が出るのだ。超能力の発揮を、部分的ではあるがじゃまする力だ。放射が出る場所のくわしい調査をはじめてすぐ、ローダンは偶然に発見した。そこが例の岩と湖がある盆地だったのだ。放射源はその岩らしい。ミュータントたちの状況は安定していた。岩のすぐそばにある監視ステーションからはなれてもらい、《ダン・ピコット》艦内に滞在させているからだ。唯一の例外はイルミナ・コチストワだ。放射の影響がいちばんすくなく、メタバイオ変換能力も損なわれてはいなかった。イルミナは監視ステーションのなかにいる。EM海綿の担当として、海綿生物が不快に感じる化学物質を開発した。ステーションのまわりと《ダン・ピコット》の着陸場所に、その物質を使った薬剤が一定の間隔で散布されていた。化学物質はギリシア語で離散を意味するディアスポラからとって〝ディアスポンギン〟と名づけられた。それ以来、海綿による危険は遠ざかったようだ。

　それが目下の状況だった。ポルレイター、あるいはその子孫ののこしたものは、依然として手がかりがなかった。《ダン・ピコット》搭載のスペース＝ジェットは何百回も惑星EMシェンを周回して、地表の細部にいたるまで調べたが、ポルレイターがかつてここにいたことをしめすものはない。

それでは、なぜここにいつまでもとどまっているのか？

ローダンはその質問がまだ自分に向けられないことが、うれしかった。もっともらしい答えは見つかりそうもないからだ。湖の秘密や、知性を持つEM海綿の謎にひきとめられているのだが、それとポルレイターとのあいだに関係があるのかときかれれば、〝ノー〟と答えるしかない。

自分の好みや勘で行動するのは危険である。あと一日、ぎりぎり二日までならいいが……そのあとは、決断しなければならないだろう。

*

ウィド・ヘルフリッチ以外にも、《ダン・ピコット》乗員の数多くがステーション・ドームでの作業に自主的に名乗りをあげていた。搭載艇長ニッキ・フリッケルとナークトルもそのひとりだ。ニッキ、ウィド、ナークトルは〝ワイゲオの夜の放浪者〟とよばれるグループの仲間だった。ワイゲオはニューギニア島の北西に位置する島で、ブラッドリー・フォン・クサンテン指揮下の《ラカル・ウールヴァ》を旗艦とするLFT第二艦隊の駐留地だ。グループがいつも島のバアで飲みあるいているので、そんな名前がついた。第二艦隊が出動せず、夜の放浪者たちが非番のときだけだが。

ニッキ・フリッケルはすらりと背が高く、大きな知的な目をしていた。大づくりな顔で、髪は短くカットしている。とてもチャーミングだが、そのせいで男のように見える。五十一歳の烈女であり、過去の出動で経験した荒くれの武勇伝を語るのが好きだった。ナークトルは燃えるような赤毛のスプリンガーで、同じように赤い髭を生やしている。自分の氏族を経済的に援助したいという、信じられないような理由でLFT艦隊での任務を志願した。そんな理由のわりには愛想もなく、ひかえめな男だ。喧嘩っ早くさえなければ、心底お人よしなのだ。

ワイゲオの夜の放浪者たちは《ダン・ピコット》の食堂に定席を持っていた。これはステーション・ドームへの移転後も変わらなかった。食堂の奥のまるいテーブルには、ほかのだれもすわろうとしない。放浪者の排他的集団に、必要な儀式をへて迎えいれられた者ならべつだが……

そのテーブルで、午後三時過ぎに、ニッキ・フリッケルとナークトルは遅い昼食とも早い夕食ともいえない食事をとっていた。ナークトルはこれまでの仕事人生で艦隊の食事をまだ一回も褒めたことはなかった。食欲もなく皿をつつきまわしながら、まわりに視線をさまよわせている。

「おやおや」ナークトルはいった。「またひと悶着が起きるぞ」

いつも食欲旺盛のニッキは、ナークトルがなにをいいたいのか、目をあげなくてもわかった。ウィド・ヘルフリッチの背の高いすらりとしたからだがテーブルに近づいてきた。搭載艇第三艇長はため息まじりのうめき声を出して、椅子に腰かけると、疲れきった声でいった。

「もしかしたら、あの計画は自殺行為だったかもしれない！」

ナークトルはフォークを持った手を振った。

「岩のなかでの調査について話すつもりなら、その必要はないよ」スプリンガーはいった。「われわれはすでに数時間前にぜんぶ聞いた」

ウィドはそういって断られても気にするようすはなく、にやりと笑った。

「ペリー・ローダンは、ほかの有能な者たちを評価することも知っていたようだな。どうだ？」意地悪くたずねる。

だれを念頭においての発言か、ニッキにはわかっていた。自分が二度の危険な出動でローダンに同行する女パイロットとして職務をはたしたことが、ウィドの誇りをかなり傷つけていたのだ。

「ペリーの気にいられてわたしを出しぬいたと思っているなら」ニッキは平然といった。「べつにうらやましくはないわ」

「ローダンは健全な判断力を持っているらしい」ウィドは口をはさんだ。「ただ顔がかわいいからといって……」

話は中断された。インターカムが鳴ったのだ。

「ニッキ・フリッケル、ニッキ・フリッケル、すぐにA＝十二へ」

ニッキは驚いて目をあげ、

「A＝十二」と、つぶやいた。「ペリー・ローダンの宿舎だわ、そうでしょう？」

立ちあがって、ウィドにうれしそうにうなずいてみせ、こういった。

「話のつづきはこの次に聞くわ。〝顔がかわいい〟だなんて、ありがとう」

ウィド・ヘルフリッチはうなだれた。しばらくたって、やっとこういうときにぴったりの格言が頭に浮かんだらしく、

「インフェリキ・クアエクエ・ホラ・ビス・バンギット」と、しょんぼりしていった。

「バンギット？」ナークトルは驚いてくりかえした。

「古代ローマのことわざだ」馬面はいった。「不幸な者の時計は一時間に二回打つ」

「〝バンギット〟は〝打つ〟という意味か？」

「まあな。正確にはなんといったか、すぐに思いうかばなかった」ウィドは認めた。

「だから、適当に考えだしたんだ」

「あのな、それはばかばかしいことわざだ」ナークトルは叱責した。

「なんでだ？」

「なぜならば、古代ローマ人は時を打つ時計を持たなかったからだ」

ウィドのショックはさらにべつの意味で大きくなった。

「素性の知れないスプリンガーに、古代ローマのなにがわかるんだ」腹だたしげにつぶやいた。

＊

ローダンはだれにも気づかれずにドームをはなれた。目的はだれも知らない。しかし、ニッキ・フリッケルにだけは打ちあけた。日没までに自分がもどらなかったら、どうすべきかという指示とともに。ニッキもローダンに計画を思いとどまらせようと努力したのだが、尊敬する相手をしつこく説得することはできなかった。それに、ペリー・ローダンが自分だけに計画を打ちあけてくれたことが、ほんとうはうれしかったのだ。

ローダンはゆっくりと《ダン・ピコット》の着陸場所のほうへ向かった。午後の暖かさが、さっき降ったアンモニア雪を消していた。下に見える石の表面をおおうグレイのものは、化学物質ディアスポンギンの残留物だ。テラナーがEM海綿を近づけないようにしているのだ。家ほどの大きさの岩山があって、ドームからこちらは見えない。そこで、ローダンは思いきって北へ方向転換して、岩に近づいた。見られないように東側を登り、大きくせりだしている角のところまできて、はじめて南の岩壁に移動した。

恒星は西の空にあった。ヘルメット・ランプの明かりを使って割れ目を調べる。朝、すんでのところで命とりになっていたかもしれない場所だ。数メートル奥に岩のかけらがあった。こぶし大から成人の大きさのものまで。爆破したところは、天井も壁ももうなめらかではない。溶けた形跡もあちこちに見られた。

やはり、自分はバリア・フィールドに命を救われたのだ。そのことを後悔の念とともに考えた。岩は独自の方法で生きているのかもしれない……そんな想像をしたのである。謎めいているが、ロマンティックで魅力的な想像だ。ローダンはゆっくりと横坑にはいり、岩のかけらが転がっているところまで行った。フィールド・バリアは作動させなかった。けさの被害で充分だ。

いったんとまって、あちこちに散乱している黒い玄武岩のかけらを投光器で照らした。奇妙な感情にとらわれた。さっきあれこれ考えたというのに、岩がひどく傷ついているのをかわいそうに思ったのだ。落ちた岩をすべてもとどおりにしたくなる。剝がれおちた場所にくっつけて、溶けた跡を消したい。横坑をもともとのまったく無傷でなめらかな状態にもどしたい。実行不可能ではあるが、そう考えただけで、満足と感謝の思いが心に満ちた。

感謝……なにに対して？

急に混乱した。さまざまな感情が万華鏡のように潜在意識のなかで渦を巻いた。しかし、ついに自分の心をひきつけた感情の動きがはっきりとあらわれた。

孤独、寂しさ、絶望……

割れ目のなかを浮遊しながら、この感情はどこからくるのかと不思議に思った。わたしは孤独なのか？　寂しいのか？　絶望しているのか？　ペリー・ローダンという人間の心の状況を描写するのに、この三つほどふさわしくないものはない。それでも、いまローダンをつきうごかしているのは、究極の敗北感とでもいうべき、この三つの感情だった。

心の声に耳をすませた。しかし、なにも聞こえない。感じているのは意識下なのかもしれない。不安になった。自分の現状分析に疑いを持ちはじめた。この情動は外からはいってくるのかもしれない。だが、さらに考えていくうちに、こうした感情は和らいでいった。

ペリー・ローダンは一瞬、混乱したが、やっと自分をとりもどして、ゆっくりと横坑の出口に向かって移動していった。ヘルメット・テレカムのスイッチをすばやくいれて、ミュータントたちとの連絡用の周波を選んだ。

呼び出し音にグッキーが応えた。

「なんだい、お偉いマスター？」イルトの甲高い声がした。

「きみたちふたりに岩まできてほしいのだ……きみとフェルマーに」

「そっちの場所を説明してよ。そしたら、あっという間に行くよ」

「どうやら、だいぶ具合がよくなったようだな」ローダンはいった。

「そのとおり。人は最悪のことにも慣れるもんだよ。六時間眠って二時間見張りという、われわれの輪番は、心身を健康にたもってくれる。こっちに話しかける必要なんかないよ。あんたが許可さえくれれば、超能力で探るから」

ローダンは真剣になった。

「超能力は使うな！　テレポーテーションもだめだ。重サヴァイヴァル・スーツを着用して、ほかの者たちと同じように移動しろ。ビーコンを出すから！」

＊

「前と同じだ」グッキーの声がヘルメット・テレカムから聞こえてきた。

「なにもありません」フェルマー・ロイドは答えた。

ふたつのまったく異なる姿が、石が転がっているあたりに浮遊している。横坑内に数メートルはいったところだ。

「それでは、インパルスは特定できないのか？」ローダンはたずねた。その声の落胆の響きを聞きのがすことはできなかった。

「そういうこと、ペリー」グッキーは答えた。ペリー・ローダンがこれほど意気消沈するのは、ここしばらくなかったことだ。

「ごくろう」ペリー・ローダンがこれほど意気消沈するのは、ここしばらくなかったことだ。「《ダン・ピコット》に気をつけてもどってくれ」

ふたりははなれていった。もうその場にいる必要はないし、ローダンがひとりになりたがっているとわかったのだ。ローダンはグラヴォ・パックの出力をさげた。岩の内壁にそって、地球上で石が自然落下するよりも速い速度でおりていく。地面から二十メートルのところで落下をとめて、ステーションの北エアロックに水平にはいっていった。

赤い恒星はまだ西の山々のすこし上にある。ニッキ・フリッケルに心配をかけないように、もどったらすぐに、知らせよう。

心からはなれなくなった、あの岩のなかでの神秘的なささやきは、いったいなんだったのだろう？　最初は漠然とした感謝の気持ち。やがて、いつまでものこる深い絶望。それがいまなお残響のように心にある。あのささやきは、どこからきたのだ？　だれかが、あるいはなにかが、胸の内を打ち明けようとしたのだろうか？　感謝の気持ちは、崩れおちた岩を見て同情したことへの反応なのか？　絶望は、だれかが自分自身の状況を知らせようとしたのか？

やめるんだ、ペリー・ローダン。さもないと、頭がおかしくなるぞ！

自身の意識が鋭い警告を発して、思わず笑った。その警告は正しい。気をひきしめなければならない。想像によって自制心を失えば、ポルレイターを見つけるという本来の目的を見失ってしまう。

ペリー・ローダンという偉大なテラナーがこのとき、子供のように自分自身をなぐさめていたという事実は、将来この男の伝記を書く者にとって、きっとなにがしかの意味があるだろう。

時間ができたら……子供なら〝大きくなったら〟というだろう……また、ここにこよう。

ローダンはがらんとしたエアロック室でかさばる重サヴァイヴァル・スーツを脱いで、ロボット・ロッカーになんとかつめこんだ。このときにローダンがなにを考えていたか、知る伝記作家はいないだろう。

ペリー・ローダンはすぐに自分の宿舎に向かう。わずか二、三十メートル歩いたとき、はげしくけたたましい警報音がドーム内の空気を震わせた。

3

ニッキ・フリッケルがもっとも気にいっている任務のひとつが、イルミナ・コチストワといっしょに監視ステーションの周辺を見てまわることだ。イルミナは興味深い人格の持ち主だった。細胞活性装置を百七十五歳にしてはじめて持ったのに、魅力的な中年女性にしか見えない。その気質は人間の行動の多様性をすべて網羅していた。口数がすくなくそっけないように見えたと思えば、感情を高ぶらせ、喜怒哀楽に満ちあふれることもある。学問の数多くの分野を細部におよぶ知識とともにマスターしていた。数百年におよぶ人生経験を持つ人間しか身につけることができない、細かい知識だ。イルミナはパラ心理性のシグナルを発信することで、有機体の細胞構造を驚異的に変える能力を持つが、これは自然が思いつきで自分を実験台にしたのだと思っていた。この能力は、非常に危険なときには役にたつ武器だが、それゆえ、彼女の生涯ではあまり出番がなかった……意識的に危険には近づかないようにしているからだ。なによりも関心があるのは異生物学、異質な生態の研究だった。だから、ＥＭ海綿に魅了されたのだ。

まず、爆発的に膨らむ海綿生物の体内物質を調べた。その研究で得た知識をもとに、ディアスポンギンの化学式を発見した。ドームからはなれたステーションの周辺には、一定の間隔で散布機が設置されている。三十時間ごとにディアスポンギンを大きな容器から汲みとって、あたりに散布しているのだ。化学物質の残留物がグレイの輪を形成し、その輪は大きくドームをとりまいていた。EM海綿は本能的にその物質を嫌うので、境界をこえられない。

ニッキとイルミナは境界ぎりぎりの地表に近いところを浮遊していた。ナークトルもくわわっている。海綿生物にやはり興味があるからだが、学問的な興味ではなかった。赤毛のスプリンガーはこの奇妙な生物を憎んでいるのだ。部下のソチルがEM海綿に殺されたからだ。ソチルは巡回時に海綿生物の一体が重サヴァイヴァル・スーツにへばりついたことに気づかずに、スペース＝ジェット《ダコタ》内にもどってきた。海綿生物はエアロック室の空中湿度をとりこんでいっきに膨らみ、重サヴァイヴァル・スーツもろともソチルをのみこんでしまった。ナークトルは膨らんでいく海綿生物のからだのなかに、部下が痙攣しながら消えていくのを、ただ見ているしかなかった。

「見てちょうだい、ますます増えているじゃない」イルミナはヘルメット・テレカムでそういうと、境界の向こう側を指さした。

そこには低い壁ができていた。数万もの海綿生物が重なりあうようにして、ゆっくりと這ってきている。なにかにつきうごかされて、できるだけ境界に近づこうとしているようだ。海綿生物はまるい皿のようで、直径は十二から三十センチメートルくらいまでさまざまだ。両面に毛が生えていて、それがどうやら感覚器官と足の役目をはたしているらしい。

ニッキはゆっくり這ってくる群れを見たとき、不快感をおぼえた。EM海綿は人間の存在に慣れてきている。以前は光があたるとすぐに動きをとめたが、いまはヘルメット・ランプ三つの光が自分たちの上をすべるように動いても、まったく意に介さない。海綿生物の低い壁のはるか向こうに、谷が見える。あたりに靄がたちこめ、遠くに見える恒星は、テラの満月とくらべれば、ほんのわずかな明るさしかとどけない。ランプの光が岩と石ころの上を通りすぎていく。どこを見てもなにかが動いていた。

「あちこちからくるようね」ニッキはいった。「何十万、何百万という数よ！」

「放射兵器をひとつ、うまく配置すれば、あっという間にかたづくだろうに」ナークトルはつぶやいた。

だれも応えなかった。海綿生物は危険だが、その危険を大量殺戮によってとりのぞくことは、道義的にはもちろん、学問的な原則に反する。ペリー・ローダンと《ダン・ピコット》のマルチェロ・パンタリーニ艦長は、この原則の逸脱を容認しないだろう。

三人はディアスポンギンのグレイの輪にそって移動した。海綿生物の壁はどこでもほぼ同じような幅と高さだ。こちらを包囲しているようだわ。そんな思いがニッキの頭をかすめる。このひろい輪は岩のまわりをかこんでいた。三人は北に向かい、黒い玄武岩の巨石のまわりを浮遊して、輪で保護されている領域の西のはずれに近づいた。すると、ナークトルが突然、驚いたような叫び声をあげた。

「あそこを！」南東を指さしている。

南から奇妙なものが近づいてくる。独特な移動方法だ。大型EM海綿の群れだ。直径はすくなくとも一メートル半はあるだろう。車輪のように直立して転がり、体毛を大きくひろげ、風をうけている。この谷で吹くのは微風程度なのだが、それでも推進力になるらしい。風の力をうまく使って、かなりの速度を出している。

ニッキは身震いした。知性を持つとテレパスたちがいっていた海綿生物だ！

＊

「近くで見たいわ」イルミナはグラヴォ・パックの推進ベクトルを調整した。

三人はいっきに降下した。ニッキは回転運動をする海綿生物の群れから目をはなさない。すくなくとも五十体の奇妙な生物が、ディアスポンギンの輪に南東の方向から近づいてくる。恐ろしいことに、一瞬、群れは輪のところでとまらず、速度も落とさず、そのままドームに進んでいるように見えた。しかし、イルミナがヘルメット・ランプの光をあてると、海綿生物は大きくひろげた体毛をおろし、風からうける力を減らして速度を落としている。匍匐海綿がつくる壁まで行くと、その周辺の数百メートルの区間に散らばっていく。

観察者三人はこの場面を目撃した。

「見てごらんなさい！」イルミナは興奮して叫んだ。「匍匐海綿が回転海綿に場所をあけているわ！」

奇妙な光景だった。回転海綿が防御の輪を点検するためにやってきたように見えたのだ。知性を持たないちいさな海綿生物の場合は本能的な衝動が動きを決めるが、知性体ではそれが好奇心となる。その行動から、行く手を阻むバリアがどのようなものかを知ろうとしているのかがはっきりわかる。ちいさな仲間を乗りこえていくことはしない。仲間のほうがわきによけて、道をつくっているのだ。回転海綿はそこを通って、グレイの物質が散布された輪まで行こうとする。まるで匍匐海綿は回転海綿の使用人か、従順な部下のようだ。

イルミナが横に水平移動し、ナークトルがブラスターをかまえるのがニッキの目にはいった。ナークトルがEM海綿に憎しみを持っているのを、ときどき感じて、不安に思っていたのだ。ニッキは大声でとめようとした。しかし、眼下であらたな展開がはじまっていた。

回転海綿の一体が大胆にも散布されたディアスポンギンの上に出ていったのだ。体毛を動かし、大あわてで先に進もうとしている。散布された物質の上を移動するのがいかに不快なのかがわかる。ニッキはグラヴォ・パックの出力を弱めて、数メートル降下した。大人の背の高さの一・五倍くらいの高度で、奇妙な生物の上を浮遊する。振り向くと、散布機とそれにつながるタンクが見える。

驚いた。その回転海綿はまっすぐにその装置に這っていく。ニッキはとっさに思った。散布機を調べようとしている！　これがどのような目的で使われるかを知っているんだ。異様な生物は、散布機の腕の太さほどのパイプのところで直立した。とくにスプレーに興味があるらしい。ちいさな噴霧口に体毛の束をいれている。

「イルミナ」ニッキは息を殺して声をかけた。「こっちにきて、見てください！」

回転海綿はすでに薬剤が散布されていない場所にきていた。グレイの輪は散布機の二十メートル向こうだ。もう行動を制限されることはないと見たらしい。驚くほどすばやい身のこなしでパイプの上にのぼった。ニッキはくわしく観察できるように、さらに近づいた。異生物はヘルメット・ランプのまばゆい光をまったく意に介さない。

ニッキはその場で方向転換をしようとした。興味の対象に近づく危険をおかしたのだ。突然に重しがとれた鋼製のばねが出すような、鋭い音が聞こえた。その瞬間、背中になにかがぶつかるのを感じた。

下を見た。回転海綿が姿を消している。

ニッキは叫びはじめた。

＊

「動くんじゃない！」ナークトルの声が哀願するように響いた。「背中にくっついているものを撃つから」

ニッキは背中に衝撃をうけたさい、横向きになっていた。グラヴォ・パックがそのときくわわった力を感知し、通常の姿勢にもどす。しかし、回転海綿は重サヴァイヴァル・スーツの幅ひろい背中を這って移動していた。横揺れするのでナークトルは狙いが定められない。

「待って！」ニッキはあえいだ。「撃たないで！　はらいおとすから」

ビームが海綿生物ではなく、うっかりスーツにあたったらどうなるか。冷や汗が出る。仰向けで水平に浮遊するように、グラヴォ・パックで姿勢ベクトルを調整した。そのまま、地表近くまで下降する。足で探ると、岩に触れた。一瞬、フィールド・バリアを作動させることも考えた。回転海綿は直接的な影響はうけないだろう。バリアを形成するエネルギーの内側にいるからだ。しかし、下にある岩との相互作用で火花が散り、驚いてすぐに逃げだそうとするかもしれない。このアイデアは使えなかった。バリアの役目はエネルギーの影響を吸収し、発射体を捕らえ、障害を除去することだ。できることには限界がある。下にあるのは惑星そのものだ。バリアを作動すれば、高くほうりだされるかもしれない。そのほかに、なにが起こるか、だれにもわからない。

　こんなことを考えていると、回転海綿がふたたび動きはじめ、こちらの考えを読んだのではないかと思うような行動に出た。厚く強靭なサヴァイヴァル・スーツの素材を通して、背中を這いあがってくるのがわかる。体毛の一本一本の動きが伝わってくるようだ。ニッキは寒気がした。丸裸のまま、なすすべもなく貪欲な化け物に身をゆだねているような気がする。

　白く細かい体毛が束になってできた触手が視界にはいった。海綿生物は肩まできていて、ヘルメット・ヴァイザーに手をのばしていた。ニッキは催眠術にかかったように、ちっぽけな吸盤のついた痙攣する触手の先を見つめていた。いくつもヴァイザーにのびてきて、粘液の跡をのこしていく。

　ニッキのからだがすくんだ。粘液は毒性の化学物質で、ヴァイザーの素材を浸食するかもしれない。恐怖がこみあげた。さらに多くの触手が見えてきた。そして、本体のはしが……怪物がヘルメットの上にゆっくりと移動してくる。

「お願い、助けて……」ニッキはいった。

＊

ニッキの声が聞こえていたのに、イルミナはそれを気にかけていなかった。目の前の光景に魅了されていたのだ。だが、甲高いぞっとするような叫び声が聞こえたとき、イルミナは目をあげて、自分の位置を確認した。すぐにグラヴォ・パックを使って、矢のような速さで地表近くのニッキとスプリンガーのところに向かう。ニッキの背中に乗っているかたちのない塊りを見つけた。なにが起きたのか、すぐにわかった。ヘルメット・テレカムで助けを呼んだ。わずかな言葉で起こっていることを伝える。ドームのてっぺんで赤い光が明滅した。救難信号が受信されたのだ。

ニッキはほとんど地面につきそうだ。なぜそうしているか、すぐにはわからなかった。言葉は発しない。ただ、荒い呼吸が聞こえるだけだ。ニッキの背中に乗っている塊りが動きはじめ、肩のほうに這っていく。

「お願い、助けて……」ニッキの弱々しい声がした。

「ニッキ、助けにきたわよ」イルミナはいった。「まっすぐ立つのよ。どこを狙えばいいかわからなければ、助けられないわ」

ニッキが腕を動かした。回転海綿はすでにヘルメットをほとんど完全におおっていた。

「もうなにも見えないの」ニッキの声がヘルメット・テレカムから響いてきた。「どこに重力装置のスイッチがあるの？　手探りしなければ……」

右手がためらいがちに、左腕にならぶスイッチに触れていく。

「あわてないで、ニッキ」イルミナはニッキをおちつかせようとした。「急ぐことはないわ。いま重要なのは、間違ったスイッチを押さないことだけ！」

「でも、粘液が……」

ニッキのからだがいっきにまっすぐになった。イルミナはわずか数メートルはなれたところにいる。海綿生物は動きをとめていた。ヘルメットの前面にはりつき、胸までぶらさがっている。上側の細かい体毛がイルミナに向かってせわしなくのびてくる。イルミナは精神を集中した。この異質な生きものを殺したくはなかった。海綿生物がニッキからはなれればいい。それ以上に生物学上の変化が生じるようなことをしてはならないのだ。

「助けがきます」ナークトルがこのときにいった。しかし、イルミナはそれに注意をはらわなかった。

触手のような体毛の先端に気をとられていたのだ。痙攣し、テラの昆虫の触角のように回転している。つい最近、海綿生物の残骸を生化学分析したことを思いだした。細胞組織の組成はわかっている。

ありったけの精神力で、超心理シグナルを送った。

うなるような、なんともいえない叫び声が外側マイクロフォンの受信機から聞こえてきた。海綿生物は痙攣し、向きを変えた。体毛の一部は色が変わりはじめた。細かい触手がごつごつした塊りになる。奇妙な生物はバランスを崩して、地面の上に落ちた。逃げだすかと思ったが、混乱しているのか、あちこちを数センチメートルほど這いまわっている。

イルミナは助けようとした。海綿生物にのちのちまでのこるような障害をあたえたくなかったのだ。体毛触手の細胞組織に自分があたえた変化に精神を集中し、もとにもどそうとした。だが、そうする前に、回転海綿の表面に水疱がひとつできて、数秒後に鈍い音とともにはじける。奇妙な生きものはだらりとして動かなくなった。水疱から白っぽい、かたちのはっきりしないものが這いでてきた。地面に落ちて、痙攣し、身を縮めている。

＊

「ニッキ、ドームにもどるんだ！」

イルミナは驚いて目をあげた。ペリー・ローダンの声が聞こえたのだ。すぐそばを浮遊している。なにも聞かなくても、ひと目で状況を把握していたのだ。ニッキは浮遊して、エアロックに向かった。エアロックからは、不格好な装備にくるまれた人影が次々と出てきた。

「きみが助けを呼ぶのを聞いたのだ、イルミナ」ローダンはいった。「それはなんだ？」

ローダンは白っぽいアメーバのようなものを指さした。岩だらけの地面でのたうっている。かたちは定まらず、痙攣し、脈動している。大きさをおしはかるのはむずかしい。たえずかたちを変えるからだ。ミミズのようなかたちにのばしたとしたら、長さ三十五センチメートルにはなるだろう。

「そ……それが回転海綿から出てきたんです」イルミナは答えた。数分前の信じられない出来ごとでまだぼんやりしている。「一種の共生体にちがいありません」

ローダンは監視ステーションの司令本部に短い報告をした。助けは必要ないが、数名編成の部隊をディアスポンギンの輪の周辺に向かわせるように伝えた。海綿生物がこれ以上、危険をおよぼさないか確認するのだ。やがて、この場にはだれもいなくなった。

「この……いや、これらのアメーバを、ここでとどめておかなければならない、イルミナ」ローダンはいった。「ラボのひとつに隔離区画をつくり、そこにいれるんだ。すぐにだ」

「わたしがやりましょう」女ミュータントが申しでた。

「大きな区画が必要だ」ローダンはつけくわえた。「人ひとりが充分にはいれる場所がいる」

イルミナはヘルメット・ヴァイザーごしにローダンに驚いたような視線を向けた。しかし、質問はしないで、南エアロックに移動する。奇妙な現象が起きた現場には、ペリー・ローダンとスプリンガーのナークトルだけがのこった。

そして〝EMアメーバ〟も……

ローダンは《ダン・ピコット》に通信し、ミュータントにつながる周波を選んだ。

「マスターじきじきのお呼び出し、光栄のいたりです」イルトが答えた。

「きみたち三人、全員が必要なんだ」ローダンはいった。「いますぐに」

「つまり、テレポーテーションは許可される？」

「特別な場合ということで、イエスだ」

ローダンは自分がいる場所を説明して、連絡を終えた。アメーバの動きは変わっていない。身をよじったり、まるまったりしているが、その場をはなれようとはしない。自分が這いでてきた回転海綿の動かないからだに、もう注意をはらうこともない。

「これはいったいなんです？」それまでまったく言葉も発していなかったナークトルがたずねた。

「この惑星の知性を持つ住民だ」ローダンは答えた。

「その……そこの、それが？」スプリンガーの反応はローダンをおもしろがらせた。信じられないというようにナークトルはいった。「這うことさえできないじゃないですか！」

「這う必要はない……通常の状態では。回転海綿の体内で共生者として生きているからだ。海綿生物は移動や、ほかの生体的な機能をはたす。アメーバはこの客体を操縦し、客体にかわって思考するんだ」

ナークトルは奇妙なもののまわりを半分まわってみた。ローダンの説明を咀嚼する前に、まずあちこちから見なければならないと思っているようだ。

「こちらのことがわかっているのでしょうか？」ナークトルはたずねた。

「それはわからない」

スプリンガーはほかのたくさんの質問が喉まで出かかっていたが、ミュータント三人の到着で中断された。三人はわずかに二十メートルほどはなれたところで実体化した。ふたつの驚きの声が同時にローダンのヘルメット・テレカムのなかで鳴りひびいた。グッキーとフェルマー・ロイドだった。ネズミ＝ビーバーは自分の感情をもっとはっきりと言葉に表現した。

「こりゃ、たまげたね！」

フェルマーをまんなかに、グッキーとラス・ツバイがきた。近づくと、EMアメーバの痙攣する、白っぽいからだに気づく。フェルマーは目を閉じた。はげしい痛みを感じ

たかのように顔をゆがめて、

「なんと異様な……」と、うめいた。

「認識できる思考過程はないか？」

「なんにもないよ、ペリー」イルトは答えた。二時間ほど前、岩のなかで答えたのと同じように。

＊

隔離区画はさいころのようなかたちで、一辺がゆうに三メートルある。イルミナ・コチストワと特殊ロボット二体が一時間もかからずに設営して、設備もととのえた。なかは、気圧と気温と大気組成をEMシェンの外気にあわせてあった。崩れおちた岩が外から運びこまれ、破裂して動かなくなった回転海綿のぬけがらまである。ドームの領域は人工重力がどこでも一Gになるように調整されているが、隔離区画ではその影響をうけないように重力プロジェクターがはたらいていた。

ラス・ツバイはEMアメーバを持ちあげて、この区画にテレポーテーションした。この異様なものを岩だらけの床に置くと、ふたたびそこをはなれ、すぐに《ダン・ピコット》にもどった。着用した重サヴァイヴァル・スーツの汚染除去を徹底的にやるようにと、ペリー・ローダンに指示されたからだ。とくにEMアメーバと接触したところは。

すべての準備がととのった。グッキーとフェルマー・ロイドは自分たちにあたえられた任務にやる気充分だった。疲れはすべて消えたようだ。興奮して、これまでたえず襲われてきた疲労感も忘れている。

隔離区画があるラボのまわりは、すべての活動を停止した。照明も落とした。テレパスふたりの集中をじゃましないように配慮してのことだ。ふたりは人類が二千年の宇宙航行の歴史のなかで出会った、もっとも奇妙なかたちの生きものと接触しようとしていた。

テレパシー能力を持たない者は、待つしかない。ペリー・ローダン、ジェフリー・アベル・ワリンジャー、イルミナ・コチストワはラボのまわりの立入禁止ゾーンの外にある小部屋にいた。みな無口になり、それぞれが自分自身の考えにふけっている。一時間たった。EMシェンのちいさな恒星はとっくに地平線の向こうに消えていた。ローダンはミュータントふたりに、二時間以上コミュニケーションを試みないように指示した。ふたりの疲労感は最初は興奮で跡形もなく消えたが、またもどってくるだろう。重要なスタッフふたりの健康と活力を、軽々しく危険にさらすことは許されない。

ローダンはニッキ・フリッケルの健康状態をたずねた。回転海綿との遭遇で精神的にまいっていたからだ。しかし、また元気になっているという。ニッキの重サヴァイヴァル・スーツは検疫隔離のため持っていかれた。海綿生物がヘルメット・ヴァイザーの上にのこした粘液を分析するためだ。

監視ステーション周辺はしずかだった。回転海綿の大部分はなぜかひきあげていった。ただ、まだ八体は匍匐海綿がディアスポンギン境界にそってつくった壁のまんなかにいる。いずれにしても、壁はますます大きくなっていった。平均して、一時間に千体の匍匐海綿が押しよせ、積みかさなっていく。

あとどのくらいつづくのか？

ローダンは考えた。自分はグッキーとフェルマー・ロイドの試みになにを期待しているのだろう？　ポルレイターの手がかりか？　たぶん違う。EM海綿は、這っていようが転がっていようが、まちがいなくここで生まれた生命形態だ。アメーバは知性を持つとはいえ、その意識活動は奇妙な経過をたどっている。そのせいで、おそらくポルレイターたちも意思の疎通に苦労しただろう。だが、監視騎士団の先駆者たちがEMシェンにいたとして、それをアメーバが……原体験でも、あるいはいいつたえでもいい……おぼえていた場合、どうやって聞きだせばいい？　そのために、ミュータントふたりがおこなう試みが必要なのだ。異質な知性体との意思疎通をめざしてすべてを試みなかったと、のちになって非難されたくない。とはいえ、成果があるとは思っていないが。

扉が開いたので、目をあげた。フェルマー・ロイドの顔には心痛がうかがえた。グッキーの足どりは重く、いつになく先頭を切ってしゃべらない。

ジェフリー・ワリンジャーが最初に口を開いた。

「むずかしいといわざるをえません」

ローダンはクロノグラフを見た。とりきめておいた二時間が経過するまで、あと十分ある。

「むずかしい？」フェルマー・ロイドが口のなかでくりかえした。「とんでもない。不可能ですよ！」

4

しばらく、だれもひと言もしゃべらなかった。ミュータントたちが敗北感から、あるいは疲労から……あるいはほかのなにかから……回復したら、実験中に起こったことを自分たちから話しだすだろう。ローダンはミュータントたちを急かしたくなかった。最初に口火を切ったのは、いつもおしゃべりなイルトではなく、めずらしくフェルマー・ロイドだった。

「あのような生物との意思疎通はそもそも不可能です。思考方法が……あれがそもそも〝思考〟と呼べるならば、ですが……異質なのです。つまり……」フェルマーは言葉を探した。「われわれの思考構造にあわない……」

「べつの言葉でいうと」ローダンはいった。「なにも認識できないわけか」

そこでグッキーが目をあげた。

「違うよ！　多少は認識できる。ただ、なにも理解できないだけさ」

「EMアメーバはわれわれに敵意を持っています」フェルマーは補足した。「われわれが自分たちのじゃまをしていると思っているようで。急いでやらなければならないことがあるらしい。それをわれわれがじゃましているのです」

「そう思う手がかりがあるのか？」

「ええ。いくらか非論理的というか……論理というもののレベルの下にある話ですが」

「一種の信仰だ。なにか宗教的なものだよ」グッキーはつけくわえた。

ローダンは考えこんで、宙をにらんだ。

「われわれが、なにか宗教的なことのじゃまをしているのか」自分自身に向かってのようにつぶやく。「なにがじゃまになったのだ？　ディアスポンギンの散布で、海綿生物を谷の一部から閉めだしたことか」ローダンは目をあげた。「その宗教的な熱意の対象はなにか、わからないのか？」

「なにか大きなものです」フェルマーは答えた。「その場合、テレパシー性言語の意味論がふたたび問題となってきます。海綿生物がなにかを説明しても、だれも理解できないのですから」

「岩よ」イルミナがいった。「あの岩しか、考えられないわ」

「ありうるね」グッキーは認めた。

「ききたいことがひとつある」ローダンはいった。「アメーバは意思疎通の試みに反応したのか？　それがどれほど不完全な試みであったとしても……結果としてわかったのは、それだけか？　あるいは、ただたんにきみたちが、アメーバの異質な意識をつつきまわしただけなのか？」

「意思疎通はないんだよ、ペリー」イルトはいった。「ぼくたちがわかることは、アメーバが考えているとき、それを見ていて感じる印象なんだ。アメーバが意思疎通の試みをそもそも認識していたとは思えないね」

ローダンはうなずいて、

「それからもうひとつ」と、話しはじめた。「アメーバは痛みは感じるのか？　回転海綿の客体がなくて困っていないのか？　腹をすかせてはいないのか？　喉は渇いていないのか？　なにかたりないものは？」

「それはわかりませんでした」フェルマーは説明した。「われわれ、EMアメーバのメンタル・インパルスはすでに受信していました……遠くからでしたが。以前にうけたそのインパルスと、隔離区画にいるEMアメーバの心理状態は、基本的に差がないと思われます」

「べつの言葉でいうと」ローダンは解釈した。「われわれが捕まえたものは、目下のところ、精神的には苦しんでいないのだな。それはいいことだ」

「どうしてそれがいいことなのですか？」イルミナは間髪いれずにたずねた。

「調べたいのだ。あのアメーバがどういうものか、知る必要がある。必要な装置を隔離区画の近くに運ばせよう」

＊

ローダンは二、三時間、じゃまされずに、しずかにくつろぐつもりだった。しかし、意識が混乱して、流れこんでくる思考から身を守ることができない。やがて、混乱をコントロールする、もっともかんたんな方法を思いだした。考えのおもむくままにするのだ。

惑星クーラトで深淵の騎士の任命をうけてから、まだ標準時間で二週間半しか過ぎていないのが、信じられない。ケスドシャン・ドームの鐘のように鳴りひびく音がまだ耳のなかで聞こえる。全宇宙にとどろき、鍛えられた耳にならば聞こえるあの音だ。騎士の地位と同時にあたえられた使命を思いだした。秩序に導く権力が秩序を破壊する勢力に対してはじめた戦いに参加すること。それがコスモクラートの使命であり、監視騎士団の存在理由はそこにある。

宇宙をいくつかのセクターに分けて思いえがいてみた。秩序に導くものと秩序を破壊するものとの戦いは、どのセクターでも進行中である。ローダンのセクターでは〝それ〟とセト＝アポフィスが敵対し、対立し、反目している。自分の使命は、秩序に導く勢力である〝それ〟の力になるよう、コスモクラートたちの意向にそって、戦いのなりゆきに影響をおよぼすことである。

すべての問題をその本質に還元すれば、道徳の掟と自然の掟の戦いだ。放置された自然は、ひたすら無秩序の増大を志向する。エントロピーの増大……それが熱力学の第二法則だ。それに対して道徳の掟は、秩序正しい構造を維持しようとする。そのなかで知性体は方向を見定めることができる。その構造は立地点と定められた運動方向を持ち、どちらが上でどちらが下か、どちらが右でどちらが左か、なにがよくてなにが悪いのか、だれにも疑問をいだかせない。

秩序に導く勢力と秩序を破壊する勢力間の争いは、三つの究極の謎と関係がある。その文言と順番は〝モラガン・ポルドの石の憲章〟を通じて知った。石たちが教えてくれたのだ。

フロストルービンとはなにか？

無限アルマダはどこにはじまり、どこで終わるか？

〝法〟はだれが定め、いかなる働きを持つか？

この質問を追究し、答えを見つけることがローダンの使命なのだ。フロストルービンははるか昔、宇宙にとって非常に危険な存在だったという。それは秩序を破壊する勢力の道具だった。破壊する勢力そのものだったといってもいい。ケスドシャン・ドーム地下の丸天井の部屋でも、フロストルービンについて、それ以上はわからなかった。もっと知りたいなら、ポルレイターにきかなければならない。

だから、ここにきたのだ。石たちが教えてくれた手がかりをたどって。ポルレイターがのこしていったものを見つけることに、すべての力を注がなければならない。ほかのことに気をとられれば、クーラトでうけた使命に逆らって行動することになる。

また疑問がわいてきた。まだここにとどまっている理由は？　その答えはつまらないものだ。好奇心と、EMシェンでなにかポルレイターについて知ることができるかもしれないという、実現しそうもない希望の最後のなごりにひきとめられている。

使命をまっとうしようとすれば、自分に制限時間を課さなければならない。二日間だけ探してみよう、と、決心した。それでも、有効な手がかりがなかったら、スタートしよう！

あれこれ考えているうちに、疲れてきた。ローダンは眠りこんだ。

*

しずかな時間は長くつづかなかった。インターカムのけたたましい呼び出し音で目がさめた。受信ボタンを押すと、ヴィデオ・スクリーンにジェフリー・アベル・ワリンジャーの顔があらわれた。真剣そのもので、同時に狼狽しているようにも見える。

「なにが起きたのだ？」ローダンはたずねた。

「アメーバが消えたのです」ジェフリーは答えた。「あなたにも確認していただきたいと思いまして……」

「もちろんだ」ローダンはむっつりといった。「消えたアメーバを確認するよりほかに、夜中にはすることがないんでね」

数分後、ラボに行った。EMアメーバをいれたさいころ形の区画は、数多くの分析装置でかこまれていた。ジェフリー・ワリンジャーとイルミナ・コチストワはさいころ前面のガラスの前に立って身を乗りだし、なかをのぞいていた。ふたりとも混乱しているようだ。

ジェフリーが報告した。

「アメーバのレントゲン撮影を終えたのち、最初の評価結果を通覧し、整理していました。ところが、その数分後、超音波ゾンデを定位置にもどすと、消えていたんです」

ローダンは隔離区画のなかを見た。床は岩が敷きつめられている。しかし、どこにもアメーバがかくれられるほどの高さのものはない。区画のまわりを歩いて、あらゆる面からのぞいてみたが、たしかにEMアメーバは消えていた。

ジェフリーに質問しようと思ったとき、こぶし大の岩の表面にゼリー状のちいさな滴(しずく)のようなものがついているのが目にとまった。まわりを見まわす。すると……こんどは探すもののイメージがはっきりしていたせいか……三十個近くも、同じような滴を発見した。

ローダンはからだを起こして、

「なにがアメーバに起こったか、わかったような気がする」と、いった。「そこのちいさなゼリー状の滴を見てみろ」

ほかのふたりはそれを見た。イルミナ・コチストワは真っ青になった。ジェフリーは手で髪をなでている。驚いたときのしぐさだ。

「つまり、アメーバが……はじけた、と、いいたいのですか？」と、うろたえてたずねる。

「そうだ。レントゲン線がからだにあわなかったのだろう」

イルミナの目は不自然なほど大きくなった。

「そんな……そんなことになるとは」そう口ばしった。「傷つけないように慎重に調べたつもりでした。それなのに……なんてことでしょう！」

両手で顔をおおっている。ジェフリーの表情はかたまったようになっていた。

「われわれ、知性体を殺してしまったのですね」暗い声でいった。

ローダンは応えなかった。なにをいえばいいのだ？　いや、月並みな言葉なら充分に見つけることができただろう。意図的にやったわけではないじゃないか、とか、それほどひどいことではない、とか。アメーバはいずれにしてもわれわれを敵だと思っていたし、EMシェンには同じ種の生物がたぶん何百万もいるのだから、一体くらい死なせてもどうということはない、とか……

しかし、そういう言葉のすべては、問題のうわっ面をなでているにすぎない。知性体が人間の手で殺されたのだ。われわれはそれを望んでいない、と、突然ローダンの頭に浮かんだ。それでも、われわれが秩序を破壊する勢力を手助けしてしまうことが、ときとして起こるのだ。

「起きてしまったことは、もうどうしようもない」ローダンはしばらくしていった。「きみたちには二、三時間の休養が必要だ。宿舎にもどりなさい。わたしはまだここでしなければならないことがある」

ジェフリーとイルミナは黙ってその場をはなれた。ローダンは特殊ロボット部隊を呼びよせて、命令をあたえた。さいころ区画を解体するのだ。内部の有毒大気はポンプで排出され、区画は通常の呼吸に必要な空気で満たされた。人工重力フィールドはとりのぞかれた。ロボットたちは固定されていたぶあついグラシット板をとりはずし、それらを部品倉庫に運んだ。のこったのは、EMアメーバが可能なかぎり快適でいられるようにと、外から運びこんだ岩だ。

「この岩をどうしましょう?」ロボットの一体がたずねた。

ローダンはすぐに答えなかった。ゼリー状の滴を分析して意味があるだろうか? それはわからない。

「南エアロックの近くに、からの倉庫がある」ローダンはいった。「岩はそこへ運ぶのだ」

＊

「手間のかかる作業だ」かつてコスモクラートのティリクの使者だったカルフェシュはいった。「だが、いつかやりとげてみせる」

カルフェシュは、アラスカ・シェーデレーアが気持ちよさそうにすわっている低いシートの前にひざまずいた。転送障害者はマスクをとっていた。通常の精神構造を持つ生きものがそのカピン断片を見たら、狂気に追いこまれるだろう。しかし、カルフェシュはなんともなかった。極小共生体のおかげで敏感になっている鉤爪を組織塊のなかにつっこみ、アラスカの顔に固着している組織を手で触れて確認しようとした。アラスカには痛みもなく、リラックスするいい機会だった。

「長くいっしょに生きてきたから、もう慣れた」アラスカはいった。「うまくいかなくても、この世は変わらない」

カルフェシュは背が高く、身長ほぼ二メートル。非常に華奢（きゃしゃ）で、折れそうだ。両肩は前にはりだし、顔は八角形の麦藁（むぎわら）色の皮膚片におおわれてモザイク状になっている。大きな半球形の青い目は眼窩から飛びだしていた。このソルゴル人は鼻のかわりに生体フィルターを持っていて、呼吸のさいにちいさな音をたてる。幅ひろい顎のあたりに開口部があるが、唇はない。その声は優しく歌うようで、軽いヒュプノ効果があった。

「きっとうまくいく」ソルゴル人はいった。「時間の問題だ。すでに部分的にはゆるんでいる。ただ……」

「しずかに！」アラスカが突然、立ちあがったので、ソルゴル人は把握器官をうまくひっこめるのに苦労した。

カルフェシュとマスクの男の宿舎は南エアロックのすぐ近くにあった。アラスカ・シェーデレーアが聞いたのは、内側エアロック・ハッチの鈍い音だった。とっさにクロノグラフを見た。真夜中の二時過ぎだ。調査でEMシェンに滞在しているあいだは、この惑星の自転をもとに時刻をあわせている。

「こんな時間にだれか外にいるはずがない」アラスカはいった。「日が暮れてから二時間後にはハッチは閉められる……」

「きみが警備員をやるつもりか？」カルフェシュは軽い冗談で話の腰を折った。

「ほかにだれもいないだろう？」アラスカはつっけんどんに答え、「マスクをくれ！」

ソルゴル人はマスクをわたした。転送障害者はそれを昼も夜もつけていた。まわりの者がカピン断片を見て被害をうけるのを避けるためだ。アラスカはマスクをきちんとつけたのを確認したあと、勢いよく立ちあがった。

ドアを開けて、通廊をのぞくと、照明は暗く人影はなかった。エアロックは右のほうだ。内側ハッチは閉まっていた。空耳かもしれない。

やがて、アラスカはカルフェシュのほうを向くと、いった。

「ちょっと見てくる」

*

ハッチの右わきの壁にスイッチがならんでいる。だれかがエアロック室にいたら、赤い入室禁止のランプがつくはずだが、ついていない。アラスカは開閉スイッチを作動させた。ハッチは独特の音をたてて開いた。さっき聞いた音だ。

エアロック室はがらんとしていた。だれもいない。左右にロボット・ロッカーがある。重サヴァイヴァル・スーツを保管するだけでなく、大きく不格好なスーツの脱ぎ着も手伝ってくれる。

ハッチがうしろで閉まった。アラスカはこぶしで入室禁止ボタンを押した。なかにいるあいだ、外側ハッチが開かないようにするのだ。はじめてまわりを見まわす時間ができた。

まちがいない。カルフェシュがカピン断片をなんとかしようとしているあいだに、内側ハッチが開閉する音を聞いた。だれかが外からはいってきたのなら、まず外側ハッチの音がするはずだ。エレクトロン開閉メカニズムの誤作動の可能性を度外視するとしたら、外に出ようとした者はまだここにいるにちがいない。

まずロッカーをかたっぱしから開けてみた。それ以外はなにもない。それぞれ、サヴァイヴァル・スーツが一着ずつはいっているだけだ。それ以外はなにもない。エアロック室にはロッカーのほかにかくれ場を提供しそうなところはない。アラスカは困惑し、ただあちこち見まわしていた。本当に空耳だったのだろうか？

外側ハッチを操作するスイッチの列に目がいった。赤い入室禁止ランプが光っている……自分がボタンを押したからだ。それが目をひいたのではない。スイッチ列のまわりの壁に、奇妙な染みのような斑点がついていたのだ。歩みよって、近くからよく見た。ちいさな玉だった。なめらかな壁の表面にこびりついている。何百、何千とある。

一瞬、躊躇したが、腕をのばして、手でその奇妙な模様をなでた。ちいさな玉は抵抗しなかった。床に落ちて、あっという間にその場でひとつになる……ちょうど水銀のように。やがて突然、動きをとめ、床にはりついたようになった。

アラスカはかぶりを振った。なにが起きているのか理解できなかったのだ。エアロック室は一日に何度も汚染除去処理をすることになっている。伸縮性と弾力のありそうなゼリー状のちいさな玉が、なぜ汚染除去処理後ものこっているのだろう。それがわからなかった。調整係に伝えなければならない。

エアロック室内でおこなった入室禁止のロックを解除し、内側エアロック・ハッチを開けて、通廊に出た。宿舎に行くと、ドアは自動的に開いた。カルフェシュの顔があらわれた。大きな青い目が興味深そうに見ている。

「なにか見つけたか？」

アラスカは手を振って否定した。

「いや、たぶんこちらの聞き違いだったのだろう。しかし、エアロックに……」

急に黙った。音がしたのだ。

外側エアロック・ハッチが開き、そしてまた閉まった。

＊

「これで、新しい状況が生まれた」ペリー・ローダンはいった。「知性体を殺したという心理的負担がジェフリーとイルミナからとりのぞかれてよかった。しかし、そのことだけでなく、最近の出来ごとは背筋の寒くなるような点が多い」

ローダンはジェフリー・ワリンジャーに合図してうながす。ワリンジャーのほかに、イルミナ・コチストワ、ジェン・サリク、カルフェシュ、アラスカ・シェーデレーアがいた。それ以外に《ダン・ピコット》からミュータント三人とマルチェロ・パンタリーニが、早朝のディスカッションに参加していた。

「EMアメーバの肉体組成に関し、これまでにわかったことにもとづいて」ジェフリーはじめた。「コンピュータでいくつかシミュレーションしてみました。アラスカが南エアロックで見た現象を説明するためです。その前にひとつ。われわれのこれまでの調査で、アメーバの肉体は均一な物質でできているという結果が明らかになりました。そのような構造に自然がどうやって知性をあたえたか、だれにもわかりません。それはいまのわれわれの問題とはなんの関係もない疑問ですが。

シミュレーションでは、アメーバがいくらでも細かく分裂する能力を持っていると、容易に仮定できました。分裂したものが、ラボと同様に南エアロックでも観察された、あのゼリー状の滴です。この能力はアメーバにとって自己保全の役割をはたしています。攻撃されるとかんたんに分裂するのです。われわれの知識によれば、アメーバは共生というかたちで回転海綿とともに生きるしかありません。自然は必要としない能力を手にいれない。となると、EMアメーバは早い時期にそれ自体だけで存在しており、海綿生物との共生はのちになって実現したと仮定できます。

ただ、危険が過ぎさったあと、滴はどうやってふたたびまとまるのか？　それぞれの滴のなかにあるのは、全知性のほんの一部だけ。滴を最終的にふたたびまとめるには、すくなくとも本能の類いを形成する必要がある。そのためには一部でたりるのか？　シミュレーションはこの質問に肯定の答えを出しましたが、どうやら確実な本能ではないらしい。アラスカはゼリー状のちいさな玉が一瞬、ひとつになろうとしているのを見ました。エアロック室の壁からぬぐったあとのことです。しかし、玉はすぐにその行動が時期尚早(じきしょうそう)であることに気づいたらしく、ふたたび分裂したそうです」

ジェフリーはため息をついて、髪をなでた。

「つまり、それがEMアメーバなのです。わたしがこれまでに出くわした、もっとも奇妙なもののひとつです」

ハイパー物理学者は説明してから、考えこんで黙った。人間の意識はそのようなばかげた想像を理解し自分のものにするのがむずかしいのだ。そこへカルフェシュの柔らかい声が耳にはいってきた。

「EMアメーバが南エアロックをぬけてドームをはなれたことに疑いの余地はないのかね?」

「ないですね」ジェフリーは認めた。「われわれは、それをまた捕まえようとはしていません」

「しかし、そうなるとアメーバはハッチのスイッチを操作できることになる」ソルゴル人はつづけた。

ジェフリーはきゅうりの苦いへたの部分をかんだような顔をした。

「そのとおり。想像するに、ロボットがラボの隔離区画から南エアロック近くの倉庫に岩を運んでいるあいだに、アメーバ物質は自力で脱出したのでしょう。数千個の微小な粒子のかたちになると、実際には見えません。のちになって発見される危険がなくなれば、滴はひとつになる。アメーバはスイッチの列まで壁伝いに登っていき、内側ハッチを開けたということ。アラスカが見にいったときに入室禁止ランプがついていなかったのは、エアロック室の床に荷重がかかったときだけロックが作動するからです。アラスカがエアロック室にはいる。アメーバは危険を感じて分裂する。アラスカが行ってしまってから、アメーバは作業をつづけた。外側ハッチを開けて、外に出たのです」

「わかった」カルフェシュはいった。「しかし、どこからアメーバは制御装置の操作に必要な知識を得たのだろう？」

「それはだれにもわからない」ジェフリーはふさぎこんでいった。「ラボにいるあいだに、われわれの技術を習得したのかもしんないよ！」

「もしかしたら」グッキーは楽しげだ。

それを聞いても、だれも心は晴れなかった。

＊

ローダンの計画は決まった。《ダン・ピコット》は二日後にスタートする。そのあいだにできるだけ多くの情報を手にいれる。ポルレイターの手がかりの発見は、計画の主目的から除外されていた。この奇妙な惑星に関するデータを集めることが重要だ。テラの宇宙船がこうした異様なものに出会うことは、めったにない……べつの言葉でいえば、ここで人間の知識の総和を増やすのだ。というのも、人間が星々を見あげて〝いつの日か近くに行って、見るぞ！〟と考えたのは、より多くの知識への希求ゆえだったのだから。

ふたつの現象が調査を待っていた。ひとつめは明らかに謎のEMアメーバだ。驚くべき能力を持っているが、これまでに理解を深めることができなかった。ふたつめは盆地の南西の角にあるアンモニアの湖だ。その奇妙な反応は想像をかきたてた。

ローダンはアラスカ・シェーデレーアに、適任者を選んでチームをつくり、湖を調査するように指示した。液体のサンプルをとって、分析しなければならない。周辺の空気力学的特徴を調べるのだ。風がこの湖を避けて通るという奇妙な性質が、ローダンの知りたいテーマだからだ。カルフェシュも調査にくわわるといった。

もうひとつの調査はより危険だった。知性を持つEMアメーバは、コロニーで共同生活を送っていると推定しなければならない。社会性は知性の随伴現象だからだ。ローダンはそのようなコロニーを見つけることに重点をおいた。かんたんではなかった。人間の思考はEMアメーバの思考過程と結びつかないので、コロニーに関するイメージも人間のそれとはまったく違っているだろう。アメーバの秘密を暴こうとすれば、まず伝統的な思考パターンを捨てなければならない。

「そのことはもちろんわたしがひきうけます」イルミナ・コチストワは、ローダンが計画を明らかにすると、いった。

「きみが適任だと思っていた」ローダンは認めた。「《ダン・ピコット》からスペース＝ジェット一機を用意しよう。それに、信頼できるスタッフを数人」

「スタッフはすでにそろっています」イルミナはいった。「ニッキ・フリッケルが参加したいといっています。その友ナークトルとヘルフリッチは、同様に自分から進んで申しでました」

準備は数時間で完了した。マルチェロ・パンタリーニがイルミナの調査のために用意した《ダコタ》には、コロニー捜索用の機器がそなえつけられた。マイクロコンピュータにEMアメーバの特徴の情報がはいっている。かなりの高度から捜索できるので、大きな平面を短時間でくまなく探すことができる。

《ダコタ》が出発したそのときに、アラスカ・シェーデレーアは湖岸の調査に出発した。惑星EMシェンの調査は最終段階にはいっていた。

5

アラスカ・シェーデレーアは重サヴァイヴァル・スーツを身につけ、なめらかな湖面上を無重力で滑るように移動した。視線は恒星の反射で錆色に光る湖面に向けられている。ペリー・ローダンの数日前の試みは知っていた。湖に石を投げこむと、すぐに跳びでてきたのだ。アラスカはベルトにゾンデをつけていた。液体アンモニアのサンプルをとるためだ。湖はゾンデにも石と同じように反応するのだろうか？

高度五メートルで移動していた。ヘルメット・テレカムは切ってある。ただ、緊急チャンネルだけはそのままにしておいた。深い沈黙がとりまいている。風が吹いても湖面はまったく動かない。自然の猛威で吹き荒れる風の音は、数千キロメートルのかなたのようだった。

アラスカはまわりを見まわした。東と西の湖岸では《ダン・ピコット》の乗員が実験の準備をしている。カルフェシュが提案した、湖の伝導率の測定だ。コスモクラートのかつての使者がこの試みでなんらかの成果をあげられるのか、わからないが、まったくのルーチン作業のように慣れた手順で進めている。

アラスカは湖を驚かせないように慎重にゆっくりと、サンプル採取容器のついたゾンデをベルトからはずし、水面上わずか一メートルたらずのところまで高度をさげた。意を決してゾンデを投げおとすと、沈んで見えなくなり、波紋がひろがった。ゆっくりと動く波が生まれ、すぐに消える。湖は反応しない。アラスカはゾンデをふたたびひきあげた。透明なちいさな容器はグレイがかった液体でいっぱいになっていた。こぼさないように、装置をなんとかベルトにつけた。このとき、カルフェシュの声が聞こえた。

「こっちはもう終わったよ、アラスカ」

アラスカ・シェーデレーアはグラヴォ・パックを東方向に設定して、ゆっくりと岸辺に向かった。北に向かう風が強くなり、朝の恒星の暖かさで気化したアンモニア雪の塊りを飛ばしている。しかし、湖面は波ひとつなく、鏡のようだった。

なぜ風はこの湖を避けるのか？　どのような液体も貪欲に自分のなかに吸いこむEM海綿は、どうして湖に近づかないのか？　なぜ、さしわたし百メートル以上ある湖岸の周囲にたったひとつの石ころもないのだろうか？

奇妙なことを考えた。北にあるあの岩は、何十万年ものあいだここに立っていたモノリス群の、たったひとつ生きのこった見本なのだ。あの岩を風化作用から守った謎の力があったのかもしれない。岩が特別な使命をあたえられたのか……あるいは、たまたま使命をはたすことになったのか。

そして、この湖は？　湖面を波だたせ、メタンガスを追いはらうかもしれない風をよせつけない。湖水を吸いつくすかもしれないEM海綿を拒絶する。自分のなかに沈みこんでしまうかもしれない石を遠ざける。湖は自己保全を考えているのだ。岩と同じで、湖はそのもともとの姿をたもとうとしている。

このふたつの現象に相互関係があるのか？　アラスカにはわからなかった。変化と浸食に抵抗する力を持つものが、ほかにもEMシェンにあるのか、調べてみなければならない。

しかし、時間がない。未知惑星の秘密解明が今回の目的ではないのだ。目的はポルレイターを見つけること。

アラスカは湖の東岸をこえて、カルフェシュが調査のために招集した者たちの近くにゆっくりと着地した。

＊

《ダコタ》は岩だらけの荒野の上空ほぼ二キロメートルのところを、ある程度の速度で移動していた。フィールド・バリアは最高出力の五十パーセントにしていた。表面のエネルギー層に嵐とアンモニア雪の塊りがぶつかり、稲妻がはしる。しかし、それも恒星が高く昇るにつれて回数がすくなくなっていた。

イルミナが〝EMスキャナー〟と名づけた装置が作動して、単体の、あるいは小グループで動いている回転海綿の姿をうつしだす。しかし、それは《ダコタ》が探しているものではない。探しているのは、回転海綿の大規模な動きのシュプールだ。それが見つかれば、コロニーは近くにあるはず。

スペース＝ジェットの下には、雄大だが陰鬱で閑散とした土地がひろがっていた。石ころだらけのたいらな地面に、巨大な岩が乱雑に無秩序に積み重なっていて、地平線までつづく一枚岩のようだ。突風が北東から吹いてくる。ニッキ・フリッケルがときおりくりだす計測ゾンデは、風速四十メートルまでを記録した。非常にはげしく動く大気が練乳のように見える。それにわずかな赤色矮星の光がくわわって、不気味で、気がめいるような光景をつくりだしている。

ニッキはワイゲオ島の白い砂浜と熱帯の太陽を懐かしく思った。わたしたち、なんでこんなところをうろついているのかしら？

「不思議ですね」ニッキはいった。「自然がどんな気まぐれで生物をつくるのかと考えると」

イルミナは驚いて、操作中の機器から目をあげた。

「どういうこと？」

「知性は、特殊化をつねに進めていったことの結果であると習いました。もっとも原始的な生物のからだにあるのは最小限の器官です。それに対して知性体は、構造上とほうもない複雑さを持っている。肉体の特殊化がますます進めば、生きのびることができる環境の範囲は縮んでいきます。地球で生きるすべての生物のなかで、環境にもっとも左右されるのは人間でしょう。

　でも、いま、わたしたちはEMアメーバという知性体を知りました。この生物には四肢もない。高温の酸素大気のなかでも、この惑星をとりまく自然の氷点下七十度の水素大気のなかでも、生きていられる。そうなると、わたしたちのすべての論理は否定されるのでは？」

　イルミナはほほえんだ。

「われわれは、このアメーバについてなにも知らないも同然なのよ。ジェフリーとわたしが昨晩おこなった検査は表面的なもので、回転海綿とその共生者の謎を解きあかすには、もっと長くより詳細に調べなければならないわ。あなたのいうとおり、EMアメーバに関しては、自然がみずからの法則を逆さまにしたように、はじめは見える。非物質であるエネルギーでできている生物はべつとして、酸化型大気のなかでも還元型大気のなかでも生きのびることができる生物なんて聞いたことないわ。でも、われわれ、EMアメーバがそもそも呼吸をするのか、からだの組織が化学的に不活性なのか、そういったことも知らないのよ。時間をとって、正確に調べたら、もしかしたらまったく別次元でアメーバの複雑な器官を発見できるかもしれない。そうなると、種の特殊化の法則がふたたび機能するようになるかもしれない」

「その別次元とは、たとえば？」ウィド・ヘルフリッチが会話に口をはさんだ。

「鋭い質問をしないでよ、ウィド」女ミュータントは文句をいった。「わからないの。ただ、わたしたちはアメーバのことをあまりに知らなすぎると、いいたかっただけ」

ナークトルはずっとEMスキャナーの表示から目をはなさなかった。

「手がかりがありました」ナークトルがいった。

*

カルフェシュはちいさなスイッチ装置を巧みに操って、実験を進めようと、最新のデータの読みとりにとりくんでいた。この実験は、東と西の岸から慎重に湖に沈めておいた送信機と受信機でおこなわれる。送信機が出したある周波の電気インパルスを受信機に記録させれば、出力の総量から、湖の電気伝導率が推測できるのだ。

「この実験をなんのためにやるのか、よくわからない」アラスカはいった。「いくつか湖の液体のサンプルをわたしたじゃないか。それで伝導率がわかるだろう？」

「電気伝導率には興味がないんだ。そんなものより、湖の行動のほうに興味がある」ソルゴル人は答えた。「周波を変えると反応するかどうか、知りたい。数立方センチメートルの液体を実験室で測定するのではなく、大規模な実験が必要だ。ちなみに、湖の液体は絶対温度で二百十度」

「それは重要なことか?」アラスカはたずねた。

「いや、ただ、興味深い。適度に融点より高いため、氷結を恐れる必要はない。さらに、沸点よりははるかに低いため、蒸発は最小限におさえられる。そうすると、湖はその姿を変えず、物質の喪失は最小限ですむ」

「さっきから、湖がすべて自分の力でやっているような口調だな」転送障害者はつぶやいた。

「そうじゃなければ、いったいだれの力なんだ?」カルフェシュはいぶかしげな顔になっていた者たち全員にいった。「実験をはじめるぞ」

ふたりは岸から十メートルはなれて立っていた。向かいの西岸では技術者の第二のグループが受信機を見つめている。カルフェシュは最初のスイッチ操作をおこなった。周波二万ヘルツからはじめる。

「そっちはどうだ?」ヘルメット・テレカムでたずねる。

「変化ありません」技術者が答えた。

「わかった。一万五千ヘルツにしてみよう」カルフェシュはいった。

湖は八千ヘルツのときにはじめて反応しはじめた。受信機がわずかな電気的出力を認めたのだ。ソルゴル人は六千ヘルツに切りかえた。それから五千に。受信機はより強く反応した。カルフェシュは一分間そのままにしてから、周波を半分に落とした。

すべてがあっという間だった。噴きだす炎が東岸で高くのぼり、乾いた音と轟音が谷をぬけ、ひきさかれた金属部品が岸に落ちてきた。粘性のある油のような波がひろがり、ゆっくりとのびていく。アラスカは西岸を見た。そこでも、どうやら同じドラマがくりひろげられているらしい。技術者たちは金属の破片にあたらないように地面に伏せた。

「なんてことだ……」茫然とした声が聞こえた。

「温度をはかれ……早く！」カルフェシュは叫んだ。

両岸で男たちが岸辺に駆けより、特殊温度計を湖に沈めた。湖の液体は驚くほどすばやく、もとのしずけさにもどっていた。

「二百一度」西の岸から報告がきた。

「百九十五度」東の岸にいる男が報告した。

ソルゴル人は非常に薄い氷の層を指さした。すこし前に送信機を沈めたところだ。薄氷は長くはもたなかった。まわりにより温かい液体が流れこんできて、すぐに消えた。

「おもしろい、非常におもしろい」カルフェシュはつぶやいた。

「いったいなにが爆発したのだ？」アラスカはたずねた。「われわれの無害な小型送信機が爆弾のように高く飛んだ。まったく爆発物はついていないんだぞ」

「湖に破壊されたのだ」ソルゴル人は答えた。「受信機も同様に」

「破壊？　どうやって？」

「エネルギーを使って。湖の温度がいっきに九度、もしくは十五度さがったのだ。湖をよく見ろ！　どのくらいのアンモニアをふくんでいるのか？　その熱容量に十二をかける。つまり、九と十五の中間値を。どうなると思う？　ちいさな核爆弾のエネルギーだ」

アラスカはカルフェシュを茫然と見つめていた。

「われわれの装置を破壊するため、湖が温度をさげたというのか？」

「ほかに説明がつくなら、それを聞きたい」カルフェシュはおちついて答えた。

アラスカはすぐに答えなかった。湖の表面を見ていたのだ。湖面はいままた鏡のようになめらかになっていた。

「たぶん」しばらくしていった。「あなたははじめから、この湖がどう反応するかを知っていたのだな」

「どう反応するかは知らないが、反応することはわかっていた」ソルゴル人はいった。

＊

「そこの岩山を見て！」イルミナは興奮して叫んだ。

奇妙なものがあった。縁と角がまるくなった、上位次元の煉瓦のようだ。長さ一キロメートル以上、高さは平均で百メートル、そのまんなかに深い窪みがある。そこから信号が出ていた。それをEMスキャナーが受信したのだ。

ニッキはその岩山の背面に向かって進んだ。高度をさげ、速度を落として窪みの上にきた。イルミナとナークトルとウィドは下をのぞきこんでいる。

「遅すぎた」ウィドはいった。「住民は出ていったようだ」

「着陸するわ」イルミナは決めた。「窪みの縁に」

全員、重サヴァイヴァル・スーツを身につけていた。ナークトルは艇内にとどまり、ほかの三人は順番にエアロックを通って出ていった。個体バリアを作動させていた。窪みにはなにもないようだが、だからといって安心できない。とくにニッキは回転海綿との遭遇をまだはっきりとおぼえていた。

窪みは長径が二百メートル、短径が八十メートルの楕円形だった。底はほぼたいらで、縁からの深さは四十メートルある。険しい斜面がたえず荒れ狂う嵐をさえぎっていた。窪みの北のはしに、小道のように見える跡があった。よく使うためか、黒っぽい底の部分がすりへって、グレイの轍（わだち）のようになっている。イルミナはそれを岩山の北端まで追っていった。轍は険しい北の土手をこえてくだり、蛇行しながらさらにつづいていた。

ミュータントはヘルメット・ランプをつけて追ってみたが、轍は岩だらけの平原で消えた。

「奇妙な岩ですな」ウィド・ヘルフリッチはいった。「まるで要塞のように安全なかくれ場だが、出入口がたったひとつしかない。襲撃されたら、どうするのでしょう？」

「もっともな考えね」イルミナは認めた。「でも、いかにも人間が考えそうなことだわ」

「なんですって？」ウィドはすこし気を悪くしてたずねた。

「わたしは回転海綿に敵がいるとは思えないの」ミュータントは答えた。「そうすると、出入口はひとつでいいじゃない？」

三人は窪みにもどってきた。縁のあたりからは、コロニーと呼べるようなものはなにも見えない……テラの蟻塚と非常に似ているものをのぞけば。それは窪みの底一面に数十個あって、ほぼ規則正しく分かれている。

そのひとつを調べてみた。黄褐色の細かい砂のようなものでできていて、まわりの岩とはまったく違う。

「人工的につくられた建築資材だわ」イルミナは説明した。「砂をかためてひと塊りにしたようなものよ」

蟻塚は高さが一メートル半ほどあった。下に二十センチメートルに満たない大きさの穴があいている。ニッキはグラヴォ・パックを作動させながら前かがみになった。ヘルメット・ランプで穴のなかを照らせるように、顔を地面に近づける。内部に、らせん状に曲がりくねってのぼっていく通廊のようなものが見えた。

「これがなんだかわからないけど」ニッキはいった。「でも、回転海綿はここにはうまくおさまらないわ」

ぜんぶで五つの蟻塚を調べた。すべて同じ構造になっている。どのような目的で使われたのかをうかがわせるようなものはないが、回転海綿に共生していたEMアメーバの居所だったことは疑う余地もない。EMスキャナーの表示と蟻塚の人工的な配置がそれをしめしている。しかし、なんの理由でいつアメーバがこの場所をはなれたのか、それはわからない。

ニッキはなすすべもなくまわりを見まわした。なめらかだが切りたった窪みの土手にそって視線を動かす。ある穴に目が釘づけになった。低い位置にあったので、これまで蟻塚でかくれていたのだ。完全な円形だ。岩肌に正確な円形の穴をあけるのは、自然のなせる技であるはずがない。

三人は土手にそって登っていった。穴の直径は二メートルほどだった。ニッキとイルミナはなかを照らした。数メートル奥に空洞が見える。地面にはしなびた、もう動かない回転海綿が四体、横たわっていた。

イルミナはそのうちの一体をひっぱりだして調べた。もう生きていないが、死んでそれほど時間がたっているようには見えない。まるで数時間前にここで倒れたようだ。ミュータントはそれを横に向けた。からだに長さ二十センチメートルほどの隙間があいている。まっすぐに切れているが、傷のようではない。むしろそこにあるファスナーが開いたようだった。イルミナがそれを濃い体毛の下に発見したのは偶然だったのだ。だらりとした回転海綿のからだを穴のなかに押しもどす。

「わたしたちの主張を修正しなければならないようね」イルミナはいった。「EMアメーバと回転海綿の共生は、どうやら一生つづくのではないようよ。アメーバはときどき客体をはなれたくなるらしいわ」

「なぜそんな欲求を感じるのですか」ウィドはたずねた。「そのあと、どうするのでしょう?」

「最初の質問に答えられるのは」イルミナはいった。「アメーバの心理状態になることが学習できてからね。そのあと、どうするかですって? もともとの青白い姿で跳ねまわるか、べつの客体を探して支配するのよ」

「この海綿生物に住んでいたEMアメーバが死んだという可能性はないかしら?」ニッキはいった。

「それなら、死んだアメーバはどこにいるの?」イルミナは反論した。「それに、死ぬ前の最後の力を振りしぼってまで、回転海綿から這いでてこなければならなかった理由は？　ここにいる海綿生物は、わたしが見るかぎり、まったく傷ついていない。どれもここに転がってから二、三時間もたってないし、生命活動のなごりがまだあると思う。そうでなければ、とっくにぼろぼろに腐ってかたちがなくなっているわ」イルミナは空洞全体をさししめすようなしぐさをした。「ここはどちらかといえば、倉庫のように見えない？　アメーバがその気になったときに、いつも使うことができるような代替品の倉庫じゃないかしら？」

＊

谷ではどこでも恒常的に吹いている風が、なぜ湖を回避するのか、空気力学的特徴を分析しても、なんのヒントも得られなかった。おもな風の向きは北東からだ。カルフェシュは、湖の向こう側にある山が堰の役目をはたして、風が両方向に分かれていると予想した。しかし、近づいて見ると、その予想ははずれていた。盆地の南西のはずれにある山には数多くの峠道が溝のようにはしっている。空気力学の全法則にしたがえば、風は湖のこのあたりで谷のどこよりもより強く吹くはずだった。

「われわれがかかえなければならない謎のひとつだな」ソルゴル人はいった。「しかし、その関係を調べる時間はもうのこっていない」

「どんな力なんだろう？　湖が風を遠ざける力とは？」アラスカ・シェーデレーアの疑問は、とくにだれかに向けたものではなかった。声に出してじっくり考えていたのだ。「湖と岩……それらは同じカテゴリーの対象物。どちらも、もともとの姿を守ることを考えている」

湖の西岸にいた科学者のグループがこちらに浮遊してきた。高度二百メートル以上で移動してくる。全員、湖に敬意をはらっているのだ。アラスカはグラヴォ・パックのスイッチをいれた。もどる時間だ。多くのことを達成できなかった。しかし、液体サンプルの分析で、なぜ湖があんなに奇妙な状態なのか、なんらかの手がかりが得られるかもしれない。

速度を落として谷の上を移動していった。湖の周囲の風のない場所をはなれるとすぐに、フィールド・バリアのスイッチをいれた。ステーション・ドームは北の方向にあった。《ダン・ピコット》は盆地の北東端に着陸している。アラスカは考えこんでいたが、突然、ある動きが目をひいた。

高度二十メートルで浮遊していたので、ドームまでは避けて飛ばなければならないような障害はないが、右手のほうにテラでいえば家一軒くらいの大きさの岩がある。頂きの近くには穴がひとつあいていて、洞穴になっているらしい。その穴のすぐ前でなにかが動いた。それが注意をひいたのだ。

海綿生物が二体いた。大きさからすると回転海綿にちがいない。岩の側面を登っている。すばしこく巧みに進んでいた。ほんの数秒後、穴のところで姿が消えた。

「とまれ！」アラスカの命令が全員のヘルメット・テレカムに鳴りひびいた。

浮遊する一団がとまった。

「なにをするつもりだ？」カルフェシュはたずねた。「あとをつけようというのではないだろうね？」

「あれを見たのか？」アラスカは驚いてたずねた。

「見た。あそこは危険だ。穴にはいったら動きがとれない」

「フィールド・バリアがある」転送障害者は答えた。「個体バリアとはりあうことのできる海綿生物がいたら、見てみたいもんだ！」

「了解した。いっしょに行こう」

アラスカは同行者たちに一連の指示を伝え、自分がソルゴル人といっしょに回転海綿二体が消えた穴を調べるあいだ、その場で待つようにいった。同行者たちをステーションに帰すこともできただろうが、この計画は思ったよりも危険かもしれないと、内なる声が警告したのだ。

カルフェシュといっしょに穴の方向へ降下していった。穴の入口の幅はひろかったが、高さはない。ヘルメット・ランプで穴のなかを照らした。岩の奥深くにつづいていて、鋭いカーブを描いて曲がっている。光がとどくかぎり、回転海綿二体の姿は見えなかった。

「わたしはなかにはいる」アラスカはいった。

「なんのために？」

「もしかしたら、ここにコロニーがあるのかもしれない」

アラスカはカルフェシュの反応を待たずに、慎重に穴にはいっていった。フィールド・バリアが穴の縁とぶつかり、放電の光がはしる。少量の石が音をたてて落ちてきた。なかは充分にひろかったので、自由に動くことができた。慎重に穴の奥へ行った。海綿生物二体が消えたカーブは直角になっていた。穴はそこから目に見えてせまくなっていく。アラスカが通廊のカーブにはいりこむと、あたりで雷のような音がして、稲光が光った。石が吹き飛ばされて、数カ所で岩が赤熱しはじめた。

しばらくアラスカはフィールド・バリアを切ることにした。投光器の光が鋼の棒のように埃をつらぬいている。数秒間とまって、まわりのようすをうかがった。なにも動いていないことをたしかめてから、また動きだす。ベルトからブラスターをはずして、すぐ撃てるように手に持った。

数メートル行くと、穴はひろがって、球形の空間になっていた。そこが行きどまりだ。地面には回転海綿二体が転がっていて、動かず硬直していた。アラスカはニッキ・フリッケルの経験を思いだして、すぐには近づかなかった。一分間観察したが、死んでいるらしい。石ころのひとつをとりあげた。フィールド・バリアに触れて、壁から飛びちったものだ。それを異様な生物の一体に投げると、うまくあたった。

海綿生物は反応しない。アラスカはもうなにも見つからないと考えて、もどることにした。カーブにつく前に、ふたたびフィールド・バリアのスイッチをいれた。認めたくはないが、カルフェシュに不注意だとがめられたくなかったのだ。

「コロニーは見つかったのか？」ソルゴル人はたずねた。アラスカが穴の入口のところにあらわれたときだ。

「いや。海綿生物二体は穴の奥で動かずに地面に転がっている。死ぬためにここに這ってきたのか、あるいは冬眠しているのだろう」

カルフェシュは独特の視線をアラスカに向けたが、それ以上はなにもいわなかった。

そのすぐあとに、ふたりはほかのメンバーとともにふたたび北に向かった。

＊

ペリー・ローダンは大きなヴィデオ・スクリーンにうつしだされた映像を不機嫌そうに見た。EM海綿の壁がいきなり大きくなっていた。もう一メートル以上の高さがある。百万体以上の海綿生物がステーションをとりかこんでいるにちがいない。

ローダンはパトロール隊を常設していた。ディアスポンギンの輪を一定の間隔で見まわるのだ。ここ数時間でパトロール隊からますます多くの報告がはいってきていた。それによると、回転海綿の流入はかなり集中的になっているらしい。回転海綿はスクリーン上では見えなかった。壁のうしろにかくれて、なにかを待っているようだ。イルミナは知性を持たない匍匐海綿のことを、回転海綿の命令で動く歩兵のようなものだといった。ローダンはそれを聞いて、ひそかにほほえんだだけだったが、いま、しだいに疑念がわいてきた。ステーションの周辺にいる膨大な数の匍匐海綿は、むしろ駐留部隊なのではないか？ 回転海綿は、安全なかくれ場でじっと戦闘開始を待っている将校なのだ。

「われわれ、二日間もちこたえられるかどうか」ローダンはジェン・サリクにいった。

ジェンはローダンにいぶかしげな視線を向け、おや指で背後のヴィデオ・スクリーンを指さした。

「あれのせいですか？」

「そうだ。いまにもわれわれに襲いかかってくるように見えないか？」

「ディアスポンギンが二トンもあるのですよ。そんなことは考えていないでしょう」ジェン・サリクはゆとりを見せた。

「回転海綿は違う。あの化学物質にひるまないことがわかったじゃないか」

「それでも方法はあります」

「なるほど……殺すという方法か」ローダンはかぶりを振った。「自分の知的好奇心のために知性体を虐殺するつもりはない。もし、海綿生物が攻撃してきたら、われわれは撤退しよう。攻撃がはじまったら、緊急事態計画の決定にそって避難する。われわれの部隊はどのくらいまだ外にいるのか？」

「アラスカとそのチームは数分前にもどってきました。イルミナたちがまだ外です」

「連絡をとってみよう。ここでなにが起きているか、知らせるんだ」ローダンはヴィデオ・スクリーンの大画面にもう一度目をやった。「次のディアスポンギンの散布までどのくらいあるのだ？」

ジェンはクロノグラフを見た。

「ほぼ二時間です」

6

イルミナたちはさらに三つ、放置されたコロニーを見つけた。場所が特徴的だった。巨大な岩山の背面にある鉢形の窪みのなかだ。各コロニーには洞穴があって、そのなかに回転海綿が状態よく保管されていた。ある洞穴では十二体以上の〝脱ぎすてられた〟回転海綿を見つけた。コロニーはどれもつい最近まで使われていたようだ。

「いったいなにが起こったのだろう？」ウィド・ヘルフリッチはたずねた。

「いやな予感がするわ。われわれに関係あるにちがいない」イルミナは答えた。「岩山の背面にあるコロニーは、どれもほとんど無防備よ。アメーバたちが防衛できないでしょう」

「わたしたち、攻撃するようなそぶりなんか見せなかったのに」ニッキ・フリッケルは反論した。

「だからこそ、不気味なのよ」ミュータントは答えた。「アメーバはわれわれが危害をくわえないことを察したはず。それなのに、なぜここから撤退したのか？ むこうがこっちを襲おうとしているからよ」

ラジオカムの呼び出し音が鳴った。イルミナは受信ボタンを押した。ペリー・ローダンがスクリーンにあらわれ、ステーション周辺の状況をくわしく説明する。

「海綿生物がわれわれに戦いをしかけてくるような気がして、しかたがない。もし、攻撃がはじまって、回転海綿の数が多ければ、抵抗しないで撤退しよう。《ダン・ピコット》でEMシェンをはなれる。きみたちもそのつもりでいてくれ。警報が鳴ったら、ただちに《ダコタ》で母艦にもどるのだ」

イルミナは接続が切れると、ため息をついた。

「すごい偶然ね。わたしの予想がこんなに早く現実になったことはなかったわ」

「あれを見てください！」ナークトルが突然、叫んだ。

EMスキャナーがあわただしく動いていた。表示装置を見ると、見すてられたコロニーよりも広範囲な探知結果があることをしめしている。

「こんどこそ本当に手がかりを見つけたんだ」ウィド・ヘルフリッチはつぶやいた。

「方位測定して」ニッキは要求した。

ナークトルは方位測定データを読みあげた。ニッキはコース変更を開始した。前方に半球形の岩山が、靄のなかからゆっくりとあらわれた。皿に取りだしたプディングのかたちのようだ、と、ニッキは考えた。

＊

テレスコープの映像は岩の南面を移動する多くの回転海綿をうつしていた。どうやら非常に興奮しているようだ。大急ぎで、まわりの地面から三十メートルの高さにある穴をめざしている。入口はアーチ型で、かなりの大きさだ。海綿生物たちは、靄のなかからゆっくりと近づいてくるスペース＝ジェットに気づいたのだ。真っ黒な口をあけている巣穴に次々と姿を消していった。

「われわれが恐いのよ」イルミナはいった。「岩のなかが避難城砦なのね」

ニッキは漠然とした予感が現実になっていくのを感じた。イルミナがいうことは正しいのだろうか。回転海綿のなかのEMアメーバは、わたしたちのなにを恐れているのだろう？　こちらは平和的な意図を持ってやってきた。あの奇妙な生物たちがまったく異質なものだったとしても、その意図はとっくに認識できていたはず。なぜ海綿生物は逃げたのか？

こちらを罠にはめようとしているのだ！

「こんどはあなたが見張りをひきうけて、ウィド」イルミナはいった。「われわれは近づいて見てみる。穴の近くまで行くの。なにかまずいことがあっても、それほど遠くに逃げたくないわ」

ニッキは《ダコタ》を穴のアーチ型の入口近くに向けた。それから、操縦をウィドにまかせて、重サヴァイヴァル・スーツの機能を点検した。

「本当になかにはいっていくつもりですか？」ニッキはたずねた。

「ほかに方法がある？」ミュータントは自信を持って答えた。「アメーバについてもっと多くのことを知るのに、こんないい機会はないわ」

一行は慣れたようすでエアロックから出る。もう岩の南面には一体の回転海綿の姿もない。黒くあいた穴のなかに姿を消していた。イルミナは個体バリアをはって、ゆっくりとアーチ型の入口にはいっていく。ニッキとナークトルはあとをついていった。フィールド・バリアを同じように作動させている。ウィドとの通信状態も万全だ。危険におちいったら、スペース＝ジェットに支援をたのむのだ。

入口から幅のひろい大きな横坑がななめにくだっていた。壁と地面と天井はむきだしで、乱暴に岩を削ったように見える。この横坑は自然にできたものではない。アメーバはこれをどうやってつくったのだろう。回転海綿が道具を手にしているのを見た者はいない。岩はつい最近、掘られたように見える。横坑がつくられたのはつい最近なのだ。ニッキは、アメーバがテラからきた侵入者を襲おうとしているという、イルミナの言葉を思いだした。

この岩山が罠だったら、どうしよう？

先頭を行くイルミナはヘルメット・ランプを最小出力にした。弱い光で照らしながら歩いていく。光であたりの陰鬱さは和らぐどころか、むしろ強調された。ニッキは回転海綿生物があらわれるのを待ちうけていた。しかし、姿が見えないだけでなく、その形跡さえもない。

やがて、奥に白っぽい光が見えた。硫黄のような色だ。ニッキはイルミナに知らせた。

「見えるわ」ミュータントは答えた。「アメーバのもともとのかくれ場に近づいていると思う」

ニッキは前方をうかがった。耳をすませたが、同行者たちの息の音以外なにも聞こえない。硫黄色の光は明るくなっていった。横坑はひろがり、地面は急傾斜になる。やがて、岩山の大部分を占めているらしい洞窟の入口についた。ヘルメット・ランプは全員、もう必要なかった。巨大な空間は、地面で燃えている光源からたえず放射してくる黄緑色の光で満ちていたのだ。その明るさのなかで、三人はこれまで人類がだれも見たことのないような不思議な光景に気づいた。

＊

何百という回転海綿が洞窟のなかにいた。多数の青白いEMアメーバが、岩壁にそって登っていく。回転海綿のぬけがらが二十体以上、脱ぎすてられたコートのように、洞窟のすみに積みあげられている。回転海綿もアメーバもせわしなく動いている。なにをしているかはわからないが、たしかなことがひとつ。イルミナがかすかに光る個体バリアにつつまれて、横坑の入口からはいっていっても、まったく気にしていないことだ。

ニッキは躊躇したが、ウィドに通信連絡をとる。

「どうしたんだ、ショートカットの美人さん？」すぐに返事がきた。

「ウィド、わたしたち、アメーバを見つけたのよ。岩山の大部分は空洞で、そこに何百という数がいるの。そこらじゅうを這いまわって……」

「どうやら、その光景が気にいらないようだね」ウィドが途中で口をはさんだ。

「わたし……わたし、不安なの」口に出したくないことだった。皮肉屋のウィドに対してはとくに。「アメーバはこちらを罠にはめようとしているのよ。なにか起こるわ、ウィド！」

ウィド・ヘルフリッチはいつもと違って、真剣かつ実務的に答えた。

「そのことをイルミナにいったか？」

「いいえ。あの人はアメーバのことを研究し、調べ、知りたいだけ。だから、あなたに連絡したのよ……」

「介入してほしいときは、そういってくれ」ウィドは相手の話をさえぎった。「いくつかのボタンを押せば、アメーバをびっくり仰天させられる」

「わかったわ」ニッキは接続を切った。

ひろく明るい洞窟にはいっていった。地面で燃えている光源は、近くから見ても硫黄色に輝いている。硫黄は洞窟のなかでも燃えるのだ、と、ニッキは考えた。

ナークトルはニッキのあとにぴったりとつづいた。ナークトルもイルミナも、ウィドとニッキの話は聞いていない。あの短い会話は副次周波でおこなわれたからだ。ニッキはまわりを見まわした。回転海綿の一グループが目をひいた。洞窟の壁にそって登り、三人がいま通ってきた横坑の入口へ向かっているのだ。べつのグループはアメーバと海綿生物とで群れをつくり、洞窟の天井によじのぼって、アーチの頂点に到達しようと必死になっている。

「イルミナ、もうひきあげたほうがいいと思います」ニッキはヘルメット・テレカムの通常周波でいった。

「なんで、よりにもよって……」

ミュータントはその先をつづけられなかった。洞窟の天井からアメーバと回転海綿が降ってきはじめたのだ。ニッキは衝撃で驚き、よろめいた。外側マイクロフォンから、海綿生物が個体バリアの表面に触れてたてる、怒ったような甲高いうなり音が聞こえる。ニッキは身震いした。異質な生物の密に生えた毛から、炎と煙があがっている。衝突した海綿生物はぐらつき、地面に転がった。

「フィールド・バリアを切るのよ！」イルミナはいった。ニッキはミュータントのおちついた態度に驚いた。「それは知性体よ。われわれに傷つける権利はないわ。横坑の出口方向へ撤退しましょう」

ニッキは反射的にしたがって、個体バリアを切った。次の瞬間、EMアメーバが右肩に落ちてきた。ぞっとして、腕を振りあげて、異質な生物をはらいのけた。アメーバは下に落ちたが、地面にぶつかるのを観察するどころではなかった。突然、海綿生物とアメーバがいたるところにあらわれたのだ。天井から落ち、壁から跳んできた。鋭い音があたりの空気を震わせる。ナークトルが武器を発射したのだ。ニッキはグラヴォ・パックを調節した。横坑の出口に向かって突進する。そこでいつのまにか起きていたことを目のあたりにしたとき、急に速度を落とした。

出口に回転海綿とアメーバがぎっしりつまって、壁をつくっていた。侵入者が逃れるのを阻止するためだ。

「どけ！」ナークトルはうなった。「扇状ビームをお見舞いするぞ。そうすれば、ここでだれが優位に立っているのか、思い知るだろう！」

「もどるのよ、ナークトル」イルミナの命令は鋭く響いた。「われわれにその権利はない……」

この隙にニッキは通信を副次周波に切りかえた。

「ウィド、あなたの出番よ」そう伝えた。

「まかせてくれ」《ダン・ピコット》の搭載艇第三艇長は答えた。「横坑は入口から下につづいているといったな？」

「そうよ」

「全員、天井からはなれていろ！」ウィドはいうと、通信を切った。ニッキにはかすかな音が聞こえた。

「権利なんかくそくらえだ！」ナークトルは叫んだ。「あいつらはこっちの命を狙っている。応戦することも許されないのですか？」

「いままでわれわれはすべての攻撃をかわしてきたわ」イルミナはきびしく抗議した。

「理由のない応戦は……」

雷のような大きな音で言葉をもぎとられたようになった。洞窟の天井に幅ひろい亀裂ができ、溶けた岩が雨のように降ってくる。その下、洞窟の地面にいた回転海綿は、くぐもった声をあげてわきによけた。煮えたぎる滴にあたらないためだ。第二の振動が岩山をその土台ごと震わせた。天井は完全に裂けた。石が雪崩のように洞窟内部全体に流れこんでくる。

ニッキは頭上を見あげた。雲でおおわれたブルーグレイの空がある。

「あの上へ！」ニッキは叫んだ。

ウィドが副次周波で連絡してきた。

「これでいいか?」そうたずねた。

「充分よ、ウィド」ニッキは答えた。「攻撃をとめて!」

三人は上昇した。なかば崩壊した天井の上空に《ダコタ》があらわれた。数秒後には、三人は金切り声をあげる回転海綿でいっぱいの洞窟をあとにして、スペース=ジェットの開いているエアロックにはいった。

ニッキは振りかえった。相手が追跡してくると、無意識に予想していたのだ。なんというばかげた予想だろう。考えてみたら、アメーバは飛べない。

ニッキはイルミナのあとからエアロック室へ飛びこんだ。

*

ジェン・サリクは内なる不安につきうごかされ、不格好な重サヴァイヴァル・スーツに無理やりからだをつっこみ、ドームをはなれた。EM海綿の壁を近くから見たかったのだ。たえず見張っているパトロール隊を信用しないわけではないが、隊員たちは決まった仕事しかしない。監視はするが、熟考することはない。それに対して、こちらは問題解決が得意だ。異質な生物の脅威を帳消しにするような可能性を見つけられるかもしれない。

高度を三十メートルにたもち、ステーション・ドームの南エアロックに面する海綿の壁にそって移動した。時間はなかった。計算では、次のディアスポンギンの散布が二十分もしないではじまる。それまでにステーションにもどりたい。サリクは膨大な数の匍匐海綿を観察した。絶え間なく動いている。たえず新しいものが輪の外から流入してくるからだ。壁をこえてみた。回転海綿がいる。ステーションの反対側にかくれていたのだ。自分でも理由は説明できないが、なぜか心を動かされた。回転海綿が均等な距離で見張りに立っている。二十メートルごとに一体いて、動かず、周囲を見張り、決定的な瞬間を待っている。回転海綿は指揮官であり、匍匐海綿はその部隊だった。知性を持つ海綿生物のそれぞれが、明らかに壁の担当個所を持っているのだ。

ジェンは谷をのぞいてみた。ヘルメット・ランプの光がとどくかぎり、壁に向かうEM海綿の大群でいっぱいだ。ときどき、風にあおられて、複雑なコースをとる回転海綿もいる。匍匐海綿は知性を持たず、本能にしたがって生きていて、壁のある個所とほかの個所とを区別できない。しかし、防御の輪に近づけば近づくほど、絶え間ない流入がいくつか枝分かれしていることがわかる。その結果、あらたにきたものは、壁のまわりにほぼ均等に分散されていた。回転海綿が組織をつくりあげていることはたしかだ。証明はできないが……

ジェンはまわれ右をして、エアロックに向かった。大型ハッチは左腕にあるスイッチ

・ボタンを操作すると、開いた。ドーム内の人工重力への適応は、グラヴィ・パックの自動センサーにまかせる。

外側ハッチを閉めて、気圧と空気のいれかえをすませると、からのロボット・ロッカーに近づき、重サヴァイヴァル・スーツを脱ぐ手伝いをしてもらった。そのとき、ロッカーの扉に付着するちいさな光るものに気づいた。近づいて、じっと見つめてみる。綿のような、ちいさな斑点のようなものだ。一瞬、その光るものを掻きとり、ラボに運んで分析しようと考えたが、やめた。最近の出来ごとで、未知の物質を素手で触るのは賢明でないとわかっている。

エアロック室にはインターカム回線が二本あった。サリクはステーション警備隊につながる赤いボタンを押した。すぐに当直要員の顔がヴィデオ・スクリーンにあらわれた。

「こちらジェン・サリク、南エアロックにいる。エアロック室で、調べたほうがよさそうなものを見つけたんだが……」

鈍く光るちいさなもののことを説明し、綿状のものの採取のさいには、防護服を着用しなければならないことを思いだした。説明を終えて、自分の宿舎に行った。次の作戦会議に出る用意をするためだ。五分もしないうちに宿舎のインターカムが鳴った。

「警備隊です」スクリーンの男はいった。「あなたがいった光るものを探しているのですが」

るはずだ」

エアロック室の内部が奥に見える。「扉にくっついている。かんたんに見つか

「二十八番のロッカーだ」ジェンはいった。

「われわれはすべてのロッカーの扉を調べました」当直要員は非難するような口調で説明した。「この部屋には光るものなど、たった一マイクログラムもありません」

ジェン・サリクは当直要員を啞然として見た。なにが起きたか、おぼろげにわかってきたが、はっきりした説明はつかない。既定の保安対策はすべてを包括していて、そのような出来ごとは起こるはずがないのだから。しかし、いまとなってはどうしようもない。冷静さをとりつくろい、警備隊の男にいった。

「わたしの思い違いかもしれない。持ち場にもどってくれ」

クロノグラフを見た。次の散布は二分後にはじまる。

＊

イルミナはうめきながら腰をおろし、ハーネスが締まっているか確認した。重サヴァイヴァル・スーツのヘルメットをうしろにはねあげる。

「あれはなんだったの？」悪い夢から目ざめたようにたずねた。

ニッキはウィドと操縦を交代するつもりはない。数分前の驚きがまだからだにのこっ

ていたのだ。

「わたしの口から答えないほうがいい」ナークトルはうなった。「あなたは気にいらないでしょうから」

ニッキはかすかにほほえんだ。ナークトルがなにをいいたいか、わかっていたのだ。ウィドはこのあいだに《ダコタ》を高度五百メートルで操縦しつつ、さらなる指示を待っている。

「わたしが思うに」ニッキはいった。「あれは度をこしたヒューマニズムの一例でした。わたしたち、個体バリアを切ってはいけなかったのかもしれない。あの洞窟は罠でした。アメーバはわたしたちを殺そうとしたんです」

ミュータントはニッキを驚いて見つめた。しかし、すぐにほほえみを浮かべた。

「たぶん、あなたのいうとおりよ。あなたの警告にしたがうべきだった。人間は年をとればとるほど、命の心配をしなくなる傾向があるの」かぶりを振って、「そして、時として展望を失う」

イルミナは目をあげた。

「ウィド、ステーションにもどりましょう。ナークトル、われわれが帰路につくことを知らせてちょうだい」

ウィド・ヘルフリッチはオートパイロットに必要なデータを伝えた。それにはわずか数秒しかかからない。《ダコタ》は航行を開始し、高速で南に向かった。そのあいだにナークトルはラジオカムを操作する。ニッキははじめ気づかなかったが、ナークトルの動作がしだいにあわただしくなった。いらだっているようだ。

「どうしたの、ナークトル？」ニッキはたずねた。

「こいつがいうことをきかないんだ」スプリンガーは低い声でいった。「通信連絡がとれない」

イルミナは聞き耳をたてて、

「誤作動と表示が出ている？」

「誤作動……よりにもよってこんなときに」ウィド・ヘルフリッチは答えた。制御コンソールのシグナル・ランプから目をはなさない。

ニッキの潜在意識が警鐘を鳴らした。ステーションと連絡をとる方法はほかにいくつかある。たとえばサヴァイヴァル・スーツの通信装置、あるいはハイパーカム。しかし、なぜよりによっていま、ラジオカムがうまく作動しないのか？

「故障個所をじっくり調べてみましょう」ニッキはイルミナにいった。

女ミュータントはうなずいた。ニッキはもうハーネスをはずし、通信システムの前で四つん這いになっている。上部カバーをはずすのには慣れていた。羽根のように軽いポリマーメタル製の板が床にかすかな音をたてて落ちた。ニッキは装置のなかをじっと見た。ちいさな綿球のようなものがラジオカムのアドレス・スイッチの上にはりついている。黴(かび)のちいさな塊りのように見える。ジェン・サリクもほぼ同じ時間に同じようなものを観察していたのだが、ニッキはサリクと違って、これをどうすればいいか、はっきりとわかっていた。

立ちあがり、自分が見つけたものをイルミナに説明しようとした。このとき、スペース＝ジェットの艇体に瞬間的に衝撃がはしった。ニッキはわきに投げ飛ばされる。

ウィドの叫び声が聞こえた。

「エンジンが動かない！」

＊

警報サイレンのけたたましい音が、ペリー・ローダンの宿舎に向かっていたジェン・サリクを驚かせた。ステーション・ドームの通廊はすぐにどこも騒がしくなった。警備隊があわててもよりのハッチのほうに走っていく。ジェンはそのひとりの腕をつかんで、ひきとめた。

「なにが起きたんだ？」ジェン・サリクはたずねた。

その男は手を振りほどこうとした。しかし、目の前にいるのがだれか、すぐにわかったようだ。

「散布機がうまく作動しなくなりました」男はやっといった。「われわれは外に出て海綿生物を……」

ジェンがつかんでいる手をゆるめると、男は逃げるように駆けていった。宿舎に行ってみると、ローダンが大きなヴィデオ・スクリーンの前にすわっていた。ステーションの境界で起きたことを見ている。そこから目をはなさず、はいってきたサリクを手招きですわらせて、スクリーンを指さす。

「海綿たちが動きはじめた」ローダンはいった。「散布機のノズルを使用不能にしたんだ。ニッキが報告していた。回転海綿の一体が散布機のところでなにかやっているのを見た、と」

匍匐海綿の壁は動きはじめていた。膨大な数の、毛の生えたちいさなものが、ドームに向かって押しよせてくる。散布された化学物質の危険はほとんどなくなっていた。最後の散布の効果は薄れていたし、次はもう実施されないかもしれない。それに、たいていの海綿生物はディアスポンギンの堆積物にまったく触れていない。壁の土台となったものが犠牲になっているからだ。五、六回の散布で堆積したグレイの化学物質を、海綿生物は直接ぬけて這ってくるか、上に乗ったものに押されながら進んでくる。それ以外は、喉を鳴らすような声を出し、転がり、土台になったものをこえて進む。輪のずっとなかまできて、はじめて地面に触れていた。

ジェン・サリクが通廊で出会った警備隊のひとりが見えた。手動の散布機を携帯して、押しよせてくるEM海綿に濃い乳白色の物質を噴霧していた。それがあたると、一瞬、包囲軍の前進は停滞する。しかし、そのうしろのものは、そのままとまらずにさらに押しよせてくる。狙いどおりの効果を持続させるためには、そのような散布機が何百台と必要になるだろう。しかし、そこにはもう十二人から十五人の男女しかいなかった。戦いに期待は持てない。

ローダンも同じような結論に達していた。ラジオカムで、ステーションの外にいるすべての者にすぐドームにもどってくるよう呼びかけた。ドームは非常事態となり、宇宙服の着用が義務づけられた。呼びもどされた者たちには、壁の偵察が仕事であるパトロール隊もふくまれていた。

ジェン・サリクはこのあいだにおおよその計算をおこなっていた。回転海綿が散布機を使用不能にしているのを発見できなかったことが、最初は信じられなかった。しかし、ひとつの散布機にどのくらいの時間をかけたのかにもよる。パトロール隊はたえずあちこちにいるわけではない。おそらく海綿生物は、発見を恐れる必要のない、合間の五分から十分を利用したのだろう。

ローダンは《ダン・ピコット》と連絡をとって、ステーションの緊急避難の用意をするよう、マルチェロ・パンタリーニに指示した。その後すぐに、最後までステーションの外にいた人間がドームのなかにはいったという報告がきた。ローダンはフィールド・バリアの作動を指示した。まだ、敵にこの場所を明けわたすつもりはなかった。海綿生物がエネルギー・バリアに突進して、歯がたたないことがわかれば、バリアを相手にするのをやめて、場合によっては撤退するかもしれない。

インターカムが鋭い音をたてた。ローダンがそちらを見ると、ジェフリー・アベル・ワリンジャーのとりみだした顔がスクリーンにあった。

「フィールド・バリアを展開できません、ペリー」吐きだすようにいった。「二基あるジェネレーターの両方とも、突然とまりました！」

ローダンがそれに応える前に、単調なロボット音声がドームじゅうに響いた。

「両エアロックの外側ハッチが規定外の方法で開かれました。有毒ガスの危険があります。両エアロックの外側ハッチが……」

ステーション・ドームはカタストロフィに見舞われた。

7

「降りるのよ！」イルミナ・コチストワは叫んだ。「もうここから出るしかないわ！」

スペース＝ジェットは空気抵抗をあまりうけない。ウィド・ヘルフリッチはわずかに操作できるパネルだけを使って、《ダコタ》を風に向かって進めていた。艇は軽くかたむいた状態で、それから数秒、空中でもちこたえたが、風がやむと、石のように落下する。

ニッキ・フリッケルは機械的に行動した。外気をスペース＝ジェットの艇内にとりいれ、ふたつのエアロック・ハッチをはねとばした。グラヴォ・パックの調整を点検し、通廊を通ってエアロック室に突進した。ナークトルとイルミナがあとからついてくる。最後の最後まで《ダコタ》の墜落を遅らせようとしていたウィドは、しんがりをつとめた。

「さ、飛びおりるのよ、ニッキ。飛んで！」イルミナはせきたてた。

ニッキは前のめりに落ちた。猛烈な風がいっきに吹きつける。すぐにグラヴォ・パックが状況を察知して、姿勢は安定した。ゆっくりと風に乗り、まわりを見まわす時間ができた。ナークトルとイルミナはすでにエアロックをはなれ、ウィドがなんとかハッチからぬけようとしている。風がウィドを捕らえて、ふたたびはなした。この瞬間に《ダコタ》は前方向にひっくりかえった。EMシェンの地表付近の重力は二・五Gだ。あっという間にスペース＝ジェットは墜落していき、二、三秒後、どんよりとした薄明かりのなかに消えた。まばゆい稲光が荒れはてた人気のない大地をぬけて光った。たちのぼる黒い煙を強風がひっさらっていく。ものが割れるような轟音が、一瞬、強風の咆哮をかき消した。

イルミナの声がヘルメット・テレカムのなかで鳴りひびいた。

「こちらスペース＝ジェット《ダコタ》の乗員。われわれ、艇を失った」突然、怒りがこみあげたのか、声が大きくなった。「聞こえてるの？　まったくもう！　あのいまいましいアメーバがわれわれのスペース＝ジェットを破壊したのよ！」

それがたったひとつのはっきりとした説明だった。ニッキは通信装置のなかで見つけたちいさな綿球のようなものを思いだした。アメーバの構成物質にちがいない。EMアメーバは、かたちのはっきりしない白っぽい芋虫やゼリー状の数千のちいさな滴として存在するだけではなく、さまざまなかたちをとるらしい。あの綿球はアメーバ一体の肉体物質のごく一部分で、知性はそれなりに限定されているはずだが、ラジオカムを動かなくするのには充分だったようだ。時間があって探したら、エンジン制御装置のなかにも綿球が見つかったかもしれない。アメーバはどうやって攻撃場所を特定したのか？どこからテラの技術のくわしい知識を得たのだろう？《ダコタ》艇内への侵入方法に関しては、頭を悩ませる必要はなかった。三人が洞窟から持ちこんだのだ。アメーバは天井から落ちてきて、何千ものちいさなゼリー状の玉に変わり、気づかれずに重サヴァイヴァル・スーツのしわのなかに付着した。エアロック室にはいると、ちいさな玉は一体となり、有機体を形成し、ラジオカムをショートさせ、エンジン制御を麻痺させたのだ。

それがわかっても、なぐさめにはならない。その反対だ。ゼリー状の粒がいまも何百となくスーツの表面にくっついていると思うと、寒気がする。

イルミナの声がして、ニッキは驚いた。

「ステーション、応答せよ！　こちらイルミナ。われわれは……」

せわしない声がそれをさえぎった。

「イルミナ、《ダン・ピコット》に向かってくれ！　こっちはきみたちを助けられない。ドームが攻撃されてるんだ。われわれは撤退する！」

「あなたはだれ？」イルミナは驚いてたずねた。

かすかな音がして、接続は切れた。

ヘルメット・ヴァイザーの向こうに、イルミナの唖然とした顔があった。

「どうやら」女ミュータントはつぶやいた。「窮地におちいっているのは、われわれだけではないようね」

＊

ドームを守る者たちには、EM海綿の急襲にそなえる時間がほとんどなかった。ペリー・ローダンが中心となり指揮をとった。命令はそれぞれのヘルメット・テレカムで聞くことができる。

「エアロックを通っての避難路は当面、封鎖する。散布部隊はエアロックへ通じる道を遮断し、攻撃者を押しとどめ、可能ならば追いかえすことを試みてくれ。アラスカ・シェーデレーアにはドーム天井の爆破準備をたのんだ。緊急の避難路だ。知性を持つ回転海綿の命は守るよう。ただひとつだけ例外がある。人間の命が危険にさらされた場合だ。わたしはこのステーションをぜがひでも守ろうとは思わない。敵が優勢であるとわかったら、われわれは撤退する。任務にもどるんだ。幸運を祈る！」

ローダンはジェフリー・アベル・ワリンジャーのほうを見た。ドームの司令本部内にいる者たちは全員、軽宇宙服を着用していた。飛翔可能で、最小限の個体バリアを構築する装置をそなえている。はるかに重装備のサヴァイヴァル・スーツに対して、小型で動きやすいという特長がある。

「バリア・ジェネレーターを故障させ、ハッチの開閉装置に影響をあたえたしろものを、だれがここにひきずりこんだのか、知りたいものだ」ローダンは辛辣な言葉を吐いた。

「そのうちはっきりするでしょう」科学者は答えた。「外にいた者はそれほど多くありませんから」

「衝撃波注意報！」ロボット音声が全体スピーカーから響いた。「内側エアロック・ハッチが……」

それ以上は聞こえなかった。とどろくような音がドームを土台ごと震わせた。抵抗などできない猛烈な圧力波が両側から建物を通りぬける。内側ハッチが開いて、外界の有毒な大気が侵入してくる。ドーム内の空気よりもかなり高圧だ。

ペリー・ローダンはスローモーションのような光景を見ていた。重い扉が内側に曲がる。抗しがたい力が扉の鍵を壊し、蝶番からひきはがす。扉が床から持ちあがり、水平に舞いあがり、殺傷能力のある銃弾のように部屋を滑空する。ローダンは床に伏せた。恐ろしいうなり、ものがぶつかる音、轟音がまわりで渦巻いていた。照明が明滅したと思ったら、消えた。ヘルメット・ランプの光が暗闇をつきぬける。あたりには、空気中の湿気が昇華して霧になり、たちこめていた。テーブルが留め具からひきはがされ、宙を舞う。荒れ狂うはげしい力で制御コンソールがぐらつき、音をたてて床に落ちる。うなりをあげる嵐のなかで、筆記道具や印刷用フォリオが大きな雪片のように踊っていた。遠くから爆発音が聞こえてきた。水素と酸素が混じりあって爆鳴気となったのだ。このときにそばでなにかがショートすれば、大変なことになる！

嵐は数秒しかつづかなかったが、ローダンには永遠のように思われた。気圧が一定になると、轟音は徐々におさまり、絶え間ないささやき声のような、つぶやき、うめくような音になった。あらたに流れこむ外気で酸素濃度が薄められれば、それだけ爆発の危険は減っていく。だれかの声が聞こえた。どこかで負傷者がうめいている。

「散布部隊！」ローダンの呼びかけが耳をつんざくように響く。「エアロックへの侵入状況はどうなっている？」

「こちら北エアロック。衝撃波で半分ほど押しもどされ、匍匐海綿の大群がエアロックをぬけて侵入しました。われわれは散布剤で阻止しようと試みましたが、どのくらいの海綿生物がすでに側廊に侵入しているか、だれもわかりません」

「海綿生物の膨張は起こっているのか？」

「これまでに二体だけです。空中の湿気はすばやく昇華し、風に吹き飛ばされました。二体とも処理しました」

「了解。南エアロック？」

応答はない。

「南エアロック！」ペリー・ローダンはくりかえした。「そっちはどうなんだ？」

苦しそうな声が、ほとんど聞こえないほどかぼそく、答えた。

「こっちは……ああ……」

それだけだ。ペリー・ローダンは唇をかんだ。

「北エアロック。そっちから三、四人、南に派遣できるか？」

「派遣します」

ペリー・ローダンは周波を切りかえた。

「アラスカ、爆破の準備はどこまで進んだ？」

「終わりました」アラスカ・シェーデレーアは奇妙に抑揚のない声で答えた。「衝撃波でさんざん揺さぶられましたが、爆薬ははなさずに持っています」

アラスカの話し方はローダンを不安にした。しかし、いまそれを考えるひまはなかった。全体放送に切りかえて、侵入者の防御に直接に関わっていない者全員に、ドームに集まるよう要請した。それから、あらためて《ダン・ピコット》と連絡をとった。

「こちら艦長」マルチェロ・パンタリーニが答えた。

「マルチェロ、われわれは汚染されている」ローダンは短く、簡潔明瞭に説明した。「アメーバ物質の付着がないのを確認するまで、こちらの要員を艦内にいれてはならない。下部デッキの格納庫をひとつ、からにしてくれ。そこを一時的な隔離室に指定する。

われわれ、ドームから撤退したら、そこにひきこもる。そちらの化学者と異生物学者が、ほんのわずかな異物質もわれわれに付着していないことを確信するまで、艦内にははいらない」

「たしかにひきうけました」艦長は答えた。

「マルチェロ」しずかな声でローダンはつづけた。「命が惜しければ、いまからはそちらの専門家の判断だけに耳をかたむけろ。ステーション要員のだれかが指示や要望を伝えても、いまいったとおりに無視するのだ！」

「了解」パンタリーニはいった。「アメーバはどうなりました？」

「EMアメーバについてはなにもわからない、マルチェロ。まったくなにも！　どうやら、いろいろと形態を変えるらしい。われわれの意識に影響をあたえる可能性も除外できない」

「わかりました。申しわけないのですが、もうひとつ悪いニュースを伝えなければなりません」

「まだあるのか？」ローダンはうめいた。

「《ダコタ》の乗員が連絡してきました。艇を失ったそうです。全員ぶじで、こちらに向かっていますが」

「到着したら、隔離室に閉じこめるんだ」ローダンは答えた。

「イルミナの話では、すでに彼女も同行者たちも同様に汚染されているとのこと。声からすると、本当にひどい目にあったようです」

＊

アラスカとカルフェシュはドームの天井のすぐ下をならんで浮遊していた。眼下は人間でいっぱいになりはじめていた。ドームの屋根が爆破されるのを待っているのだ。ヘルメット・テレカムからは、いりみだれる声が大きくなったり、ちいさくなったりして、ノイズのようだった。

しかし、カルフェシュの言葉は鮮明だった。ほんの数メートルしかはなれていないソルゴル人のヘルメット・テレカムから、アラスカの受信機に、声がまったくひずみもなくとどいた。

「だれがドームにアメーバ物質を運びこんだか、きみは知っているのだな？」

「知っている」マスクの男は陰にこもった低い声でいった。「わたしだ」

「思いもよらなかったが」カルフェシュはいった。「きみのペリーに対する態度を見て、変だなと思った。洞穴の奥へはいっていくとき、フィールド・バリアを切っていたのか？」

「そうだ。アメーバは回転海綿のからだをはなれて洞穴の壁に、たぶん滴のかたちで付着していたんだろう。わたしはそれを見ていないが、サヴァイヴァル・スーツに付着してきたんだ」

ソルゴル人はすぐに反応しなかった。やがてまた話しだしたとき、その声には説得力のある柔らかい響きがあった。

「だれにでも間違いはある。自分を責める必要は……」

「それ以上いわないでくれ、カルフェシュ」アラスカは相手の言葉をさえぎった。「いまは……まだ、そういってもらえる状況ではない」

南エアロックからとどいた意味不明の報告を、アラスカは思いだした。自分の間違いでたったひとりでも命を落としたら……そうしたら……どうやってその重荷を背負って生きていけばいいか、わからない。

全体放送のシグナルで、アラスカの通信がべつの周波に切りかわった。

「南エアロック周辺を防衛することはできません。負傷者六人を救出しました。海綿生物が優勢です。回転海綿は前衛部隊をつくりはじめました」

すぐにペリー・ローダンの声が聞こえてきた。

「わかった。われわれの負けだ。すぐに避難する。各自、すみやかに敵からはなれ、ドームに集合せよ。アラスカ？」

「聞いています」

「五分後に爆破だ」

＊

ヘルメット・マイクロフォンが自動的に音量をさげて、鈍い音を伝えた。ドームの天井が吹き飛び、風で宙に舞う。もともと、なかったかのようだ。安堵の叫び声がどよめきあがった。天井の下には百人ほどが集まっている。ペリー・ローダンは退避の命令を出した。

全員、縁がぎざぎざのいびつな穴を通って、高く浮遊していった。あとには監視ステーションがのこるだけ。劣悪な環境の惑星の調査のために、人間が建設したものだ。資材と装置に一千万ギャラクスかかった。一行は谷底をこえて《ダン・ピコット》に向かう。マルチェロ・パンタリーニはすべての照明を点灯していた。もっとも明るい照明が、隔離室となった格納庫につづくエアロックの真上を照らしていた。

多くの者がうしろを振りかえった。匍匐海綿の群れがエアロックを通ってドーム内部になだれこむのが見える。好きにするがいい！　人類であろうとテラナー以外の種族であろうと、酸素呼吸をする者は下にのこってはいないのだから。一千万ギャラクスは熱意と創造力でふたたび手にいれられるが、人間の命はそうはいかない。

明るく照らされたエアロックが見える。パンタリーニが艦内周波で連絡してきた。

「解決方法を見つけました」興奮しているようだ。いつもひかえめな《ダン・ピコット》艦長にしてはめずらしいことだ。「格納庫を水で満たしたのち、超音波で処理するのです。それで汚染が除去され、ハッチを開けば、流れでる水がEMアメーバを流しさるというわけです」

「いいだろう、マルチェロ」ペリー・ローダンはいった。「しかし、そちらの専門家がそのやり方でうまくいくと納得してから、われわれを艦内にいれるように」

パンタリーニは皮肉な調子で答えた。

「わたしはもう、あなたの指示にしたがわないことにしたのですよ。おぼえていますか？」

ペリー・ローダンの顔に、この騒動がはじまってからはじめて笑みが浮かんだ。

「きみはたいした男だ、マルチェロ！　わたしが洗い清めてもらったら、その証明書を出そう」

このとき、甲高い声がした。どうやら、かなり遠くかららしい。

「出発するときは《ダコタ》の乗員を無視しないでくれると、うれしいのですが」

「イルミナ！　きみたちは助けが必要なのか？」

「助けはいりません。いるのは、辛抱だけ。盆地のまわりの山々が見えていますから、おおよその到着時間はいまから二十五分後。ですが、至急、洗浄していただきたいのです。われわれ、シラミのたかった汚らしい犬も同然なので。いっていることの意味はおわかりでしょう」

「わかっている、イルミナ」ペリー・ローダンは答えた。

ローダンは突然、真顔になった。混乱しつつも、見えない力に深い感謝の気持ちを感じていた。この危機的状況で、自分と部下は守られ、災いから遠ざかることができたのだ。たった一体の知的生物の喪失について嘆く必要もなく……

＊

テラの宇宙航行年鑑に名をのこすだろう〝洗浄〟は、三回めでやっと成果があがった。格納庫は水びたしになった。エアロックの外から投入された特殊ロボットが水をかきまわし、回転させる。それが終わるごとに、同様に外から、ゾンデが運びいれられた。ちょっとした修正をくわえたEMスキャナーの操作で動くものだ。

ゾンデは二回、否定的な結果を出した。数十万リットルの水が二回、短い間隔でエアロック室からくみあげられ、流された。三回めではじめて測定結果がよくなった。危険なEMアメーバの形跡は完全にとりのぞかれていた。

水をいれる前に格納庫に集まった者たちのなかに、イルミナ・コチストワもいた。ミュータントの自信は揺らいでいなかった。重サヴァイヴァル・スーツの大きなシルエットであわただしく動く水のなかを回転するあいだ、イルミナはローダンにアメーバの洞窟での冒険について語った。

「もっと早くニッキの忠告にしたがうべきだったのかもしれません。ニッキは鋭い勘を持っています。洞窟をはじめから罠だといっていました。もちろんニッキは、アメーバと海綿生物がわれわれの影響力を奪うつもりだと考えたのです。ところが実際には、敵の目的はわれわれをアメーバ物質でおおうことでした。それで……」

水はごうごうと音をたて、渦を巻いていた。そこにべつの声が聞こえた。

「アメーバ物質をドームに運びこんだのは、わたしです」

「ああ。知っている、アラスカ」と、ローダン。

「知っていたんですか？　カルフェシュから聞いたのですか？」

「カルフェシュからではない。だいたい見当がついた。回転海綿二体が姿を消した穴へ、きみが突入したとの報告をうけたから。それに、わたしはきみがときどき忍耐力を失う男だということを知っている。あるものをおだやかなやり方で得られないとわかると、力ずくで手にいれようとするのだな」

「ペリー、わたしは……」

「もういい。われわれが失ったのははした金だ。命に関わることなら、真剣に話しあわなければ」ローダンはやさしい口調でつけくわえた。「教訓になったか、アラスカ？」

「なりましたよ、ペリー」マスクの男は認めた。なんともいえない姿で、ローダンといっしょに水のなかを回転している。

「ちょっといいですか？」おずおずと声がした。

「ウィド、あなたなの？」ニッキ・フリッケルが甲高い声をあげた。

「そうだ」声が答えた。さっきよりしっかりとしている。

「あなたが口を開くと……」

「その男に話させるんだ」ローダンがニッキの言葉をさえぎった。

「わたしの先祖のひとりが」ウィド・ヘルフリッチは熱心にいった。「ある団体のようなものに所属していたんです。その団体はなかなかいいスローガンを持っていました。それがアラスカのいまの状況にぴったりだと思って……」

「どういうスローガンだ、ウィド」と、ローダン。

「ネク・テメレ、ネク・ティミデ」

「いったいどういう意味？」イルミナ・コチストワはたずねた。

「無謀でなく、臆病でなく」ウィドはおごそかに答えた。

「たしかにぴったりだ」ローダンは笑った。

＊

「諸君、われわれ、今回の出動とはべつの冒険において誉れ高い結果をのこしてきた。しかし、良心に恥じない行動をしたといえることはめったになかった」

そういったペリー・ローダンの目がいたずらっぽく光った。重巡の艦体の下深くでは、フィールド・エンジンの低い音が響いている。《ダン・ピコット》が惑星の表面からスタートすると、大スクリーン上の光景が動いた。非常に多くの問題を投げかけ、あまりにすくない答えを提供した惑星だ。遠くに不気味な湖のなめらかな湖面が陰気な光をはなっている。スクリーン中央は黒い玄武岩でできた巨大なモノリスが占め、その下には、ドームの瓦礫が散らばっている。これまで、多くの人間が非常に強い熱意で作業にあたったのに、この惑星をとりまく謎を解き明かす答えは、ほとんど得られなかった。

「われわれが手にいれたものが、なにかあったのか？」ローダンはつづけた。「一般的な見方では、たしかにあった。知識と経験において豊かになったのだ。仲間ひとりの死を悼むとともに、それ以上の悲劇が起こらなかったことに感謝しよう。

われわれの使命は、ポルレイターを探すことだ。その点では明らかに失敗した。あとになって、より大きなつながりで考えることができるようになれば、実際にここEMシェンで糸口が見つかったのだと、はじめてわかるのかもしれない。しかし、いまこの瞬間は、この惑星での出来ごとでとほうにくれ、次にどこに向かえばいいかわからないでいる。恒星間空間にはいったらすぐに、待機している複合艦隊と連絡をとろう。そこにいる者が、われわれになにかヒントをあたえてくれる可能性もある」

「いつのまにか変更されてた、謎の座標はどうなったんだい？」グッキーが痛烈なからかいをこめて質問した。「ジェフリーが天才的なやり方でわれわれをEMシェンに導いたデータのことだよ」

ジェフリー・ワリンジャーは力なくかぶりを振った。

「座標はまたもとにもどっていた。記憶装置にあるデータは、テラから持ってきたものと同じだ。勝手に変わったことについては分析するつもりだが、そのデータは、いまわれわれが新しい目的地を決定するのには役にたたない」

ローダンはすべてをつつみこむように両腕をひろげた。

「いまのところ、もうなにもいうことはない」ローダンはいった。「諸君もきっと、数時間の休息をして、このところの疲れをとりたいだろう」

＊

《ダン・ピコット》の食堂はもう通常営業にもどっていた。ワイゲオの夜の放浪者の定席にすわっているのは、ニッキ・フリッケル、ナークトル、〝来賓〟の天文学者アーネスト・ブリーベスカ、首席通信士タン・リャウ＝テンだ。ニッキがはげしい手ぶりで話していた。

「……その粘液質のものが襲いかかってきて、わたしの腕をつかみ、振りまわしたのよ。わたしはもともと神経が細いほうではないんだけど」まつげをしばたたかせて、半分冗談だといっている。「でも、もう限界だったわ。だって、これまでにそんなもの……」

ニッキはナークトルが不機嫌そうに顔をあげたのを見て、話を中断した。

「またうさんくさい話をしているのか？」聞き慣れた声がうしろでした。

ニッキは振り向いた。

「話の腰を折らないでよ、ウィド」大まじめで非難する。「そこにすわって、聞いて」

「すわるのはいい。しかし、なぜきみの話を聞かなければならないのだ？　こっちはその場にいたんだぞ、おぼえているか？」

ウィドはニッキの隣りにすわった。ニッキは腕をその肩にまわしたのだ。まわりがびっくりした。

「じつのところ」ニッキはいった。「あなたはたいした男よ、ウィド。わたしたち全員が脱出するまで、ずっと風のなかで《ダコタ》の機首をたもっていたんだもの……」

ニッキはため息をついた。うぬぼれた笑みがウィドの顔にあらわれた。

「勇者には女の賞讃がいちばんだな！」

ナークトルは飲み物が酸っぱいミルクに変わったかのように顔をしかめた。

火山惑星

クラーク・ダールトン

登場人物

ペリー・ローダン……………………………宇宙ハンザ代表
グッキー……………………………………ネズミ＝ビーバー
フェルマー・ロイド………………………テレパス
ラス・ツバイ………………………………テレポーター
マルチェロ・パンタリーニ………………《ダン・ピコット》艦長
ミルコ・ハンネマ…………………………同乗員。《ダービー》操縦士
ジュルゴス・ニス…………………………同乗員。《ダービー》通信士
トビアス・ニス……………………………同乗員。ジュルゴスの弟
クリル………………………………………マリンゴの長老。四本角
マンサンダー………………………………マリンゴ。下層民のリーダー
ミチェグ……………………………………同。四本角

1

スター級重巡洋艦《ダン・ピコット》はリニア空間からアインシュタイン空間にもどり、あらたに方位測定した。球状星団M－3はペリー・ローダンとその友たちにとって未知の宙域だ。テラから三万四千光年はなれ、何十万という星々を有している。凝集する恒星群のどこかに、最後のポルレイターがひそんでいるにちがいない。深淵の騎士の先駆者たちだ。ローダンはそう予想していた。

それを見つけることが《ダン・ピコット》の使命であり、ブラッドリー・フォン・クサンテン指揮のもと、球状星団のはずれで待機している複合艦隊の使命なのだ。

通常空間では肉眼での観測が有効だ。ローダンはどこに天文学者アーネスト・ブリーベスカがいるか、よくわかっていた。輸送ドームだ。本来の遠距離探知はマルチェロ・パンタリーニ艦長が司令室でやるだろう。

ローダンが足音を忍ばせてドームにはいったので、天文学者は気づかなかった。透明なドームの前で、両手を前にさしだすようにして立っている。すぐそばに見える恒星に触れようとしているかのようだ。

「あの恒星に惑星があるといいが」ひとり言のようにつぶやいている。「温度はちょうどいいし、年齢も理想的だ。ソルもいつの日か、まさにあのように……」

「そのとおりだ」ローダンは賛成した。「二十億年か三十億年のうちには」

天文学者は驚いて振り向いたが、ローダンだとわかるとほほえんだ。アーネスト・ブリーベスカはもう百九十歳近い。

「どうしてあなたがここに？」不思議に思ったようだ。「この光景になにか意味を感じとるのは、わたしただひとりだと思います。ルーチン作業ですからね。おわかりでしょうが……」

「ルーチン作業でも、自然のすばらしさは変わらない、アーネスト。だが正直にいうと、きみをたずねてきたのには、べつの理由がある」ローダンは天文学者にさらに近よって、黄褐色の恒星を興味深そうに見た。「なぜ、あの恒星に惑星があるといいと？」

アーネストは曖昧なしぐさをして、

「わたしのいったことは希望というよりも、むしろ確認です。すぐにわたしの考えが正しかったことがわかるでしょう」

アーネストはほんのわずかのスイッチ操作で走査機を作動させた。黄褐色の恒星が、ポジトロン望遠鏡とつながっているスクリーンにあらわれた。はいってきたデータは肉眼でもわかることだ。

「惑星がふたつ、もしかしたら三つかもしれません」アーネストはいった。

「その星系をよく見てみよう」ローダンは軽く会釈すると、ドームをはなれた。

＊

ミルコ・ハンネマは《ダン・ピコット》でのキャビンをジュルゴスとトビアスのニス兄弟と共有していた。三人はスペース＝ジェットのDP＝SJ＝12、固有名《ダービー》の要員であるだけではなく、かたい友情で結ばれてもいた。

ミルコ・ハンネマは二十六歳。長身痩軀で、将来のエモシオ航法士としての操縦免許を持っている。黒い髪を短く刈って、上唇に生えたわずかな髭が自慢だ。能力を実践でさらに高めるために、自分のスペース＝ジェットでも、単純なしくみのサート・フードを使っている。

ジュルゴスとトビアスはかつての植民惑星であるガーベンスの出身で、四十歳と三十五歳の兄弟だ。三人は意欲的でたがいに信頼できるチームだった。

ミルコはテーブルにトランプのカードを投げた。インターカムが鳴ったのだ。

「おちついて負けることもできやしない」腹だたしげに、スイッチをいれる。スクリーンにマルチェロ・パンタリーニ艦長の顔があらわれた。「なにかご用ですか?」

「十分後に《ダービー》で出発してもらいたい。一光年向こうの調査飛行だ。追って指示を出す」

ミルコが確認をする間もなく、スクリーンはまた暗くなった。

友ふたりのほうを振りかえる。

「聞いただろう。さ、仕事だ。勝負はあとでつけよう」

三人はリフトで格納庫へ向かった。スペース＝ジェット出発準備の責任者、ゲイコ・アルクマンが出迎えた。

「すべて準備できている！　楽しんできてくれ」

「どうも」ミルコは口のなかでつぶやくと、《ダービー》の下極エアロックから第一デッキに行った。同行者ふたりがくるのを待って、ハッチを閉める。いっしょに反重力シャフトで上昇し、司令コクピットにはいった。

コンソールの前には成型シートが三つあった。ミルコはまんなかの席にすわると、テレカムのスイッチをいれた。マルチェロ・パンタリーニと連絡をとり、今後の指示をあおぐためだ。

「黄褐色の恒星を調査せよ。惑星が三つ、距離は〇・九光年だ。もし住人がいても接触せず、慎重にな。報告をおこたらないように！」

「スタートは？」

「十秒後だ！　しっかりな！」

あとは自動的に進んだ。

宇宙空間を一瞥（いちべつ）すると、ミルコ・ハンネマは方位測定した。まずは亜光速をたもっていたが、それでも《ダン・ピコット》が猛烈な速さで遠のいていく。名前もない恒星は目標スクリーンのまんなかにあった。

短いリニア飛行をじっくりとプログラミングし、黄褐色の恒星にわずか数光時の距離まで接近するようにする。そこでしばらく肉眼とデータによる観察をおこなうのだ。そのうち、《ダン・ピコット》へ最初の状況報告をする予定時間になるだろう。

これまで何度も考えたのだが、いまもまた考えてしまう……サート・フードをかぶったときの奇妙な体験のことを。だれにも話さなかった。それがどういう意味か、自分でもわからなかったからだ。

太陽系内でのトレーニング中にくりかえし確認したことがある。宇宙船を思考インパルスで操縦しているさい、ある種の〝千里眼〟を持つのだ。心の目になにかが浮かぶ。それは……何度か確認したのだが……実際に存在するものだ。いずれにしても、はるか彼方にあるので、肉眼では認識できないが。

このメンタル千里眼の原因はわからない。それでも、潜在する超能力のようなもので、さらに発達するのかもしれないと思っていた。

あるいは、しないかもしれない。最近、とても不安になるそうした幻影を見ることは、すくなくなっていたからだ。

そのため、ハンネマはいま、サート・フードをつけるのをためらっているのだ。

しかし、計画していたリニア飛行のわずか五分前になって、好奇心が勝った。フードをかぶる。すぐに《ダービー》のポジトロン自動操縦システムと直接のコンタクトが成立した。

それだけではない……

*

「われわれ、一種の睡眠障害だよ。とんでもない惑星EMシェンでやられたんだ」ネズミ＝ビーバーのグッキーはそういって、あくびをした。

フェルマー・ロイドは眠そうな目でグッキーを見ると、

「わたしなら、たんに怠けぐせがついたというね」そういって、ラス・ツバイに目をやる。三人はツバイのキャビンにいた。テレポーターはベッドの上で手足をのばして、横になっていた。軽くいびきをかいている。「ラスを見てみろ！」

「玄武岩モノリスを見てからというもの、別人のようだね」グッキーはテレパスに同意をしめした。「あの岩がなんか放射してたんだよ。まちがいない。変なのは、ぼくたちだけがその影響をうけることだ」グッキーはここで話を中断した。「しまった！　司令室に行くことになっていたんだ。半時間前に……」ひとり言のように小声でつぶやいてから、よたよたとドアに向かっていく。「ぼくのことをきかれたら、ぽんぽんが痛かったといっといて！」そういって、通廊に消えた。

テレポーテーションするのも面倒くさくなったグッキーは、司令室まで反重力リフトを使った。途中、マルチェロ・パンタリーニの思考を読もうとした。自分がなんの用事で呼ばれたか知りたかったのだ。だが、失敗した。艦長はありとあらゆることを考えていた。考えていないのはグッキーのことだけだった。

グッキーはさりげなく司令室にはいっていった。謎の疲労感のせいで、比較的、楽にそれができた。

マルチェロ・パンタリーニは六十四歳で、とても端整な顔だちをしている。鷲鼻で、グレイの髪をカールさせていた。立ち居ふるまいはとても古風な感じがする。なにより も、その上品なしゃべり方がまさにそれだ。大仰すぎると、グッキーは思っていた。

この艦長がネズミ＝ビーバーお得意の野心の標的にしばしばなるのも不思議ではない。グッキーはその野心を〝ユーモアに満ちあふれた再教育の試み〟と呼んでいる。驚くのは、パンタリーニがこれまでイルトのあてこすりにけっして反応しないということだ。〝サー〟とか〝あなた〟とか呼びかけられてもだ。

ハッチが音もなく閉まったとき、艦長はちょうど代行のヌールー・ティンボンに話しかけていた。身長二メートルほどのアフロテラナーだ。

「ティンボン、悪いが《ダービー》の飛行を遠距離探知機で見張っていてくれないか？われわれの状況には、持続的な監視が必要だろう」

「了解」ティンボンは言葉すくなに答えて、監視に専念した。

パンタリーニはシートを回転させて、やる気充分でキャビンのまんなかに立っているネズミ＝ビーバーを見た。

「おこしいただけてうれしいです、グッキー。あなたにお目にかかりたいというわたしの願いが伝わりましたか？」

「そのとおり、サー」グッキーはいった。「ぼくに重要な話があるっていってたよね、パンティーニ艦長？」

「パンタリーニです」艦長は訂正した。「隣室に行きましょう。そこならじゃまがはいらないので」そう申しでて、ちいさな隣室を指さした。透明の壁で司令室と仕切ってある。

グッキーは艦長のあとについていった。

「よく考えたら」ふたりで細長いテーブルに向かいあってすわると、パンタリーニははじめた。「それほど重要なことではないという確信にいたったのです、グッキー。とはいえ、その問題をこと細かに説明したいのです。厳重な秘密保持が要求される、いささかデリケートな問題なんですよ」

「ぼかあ、二十世紀のクイズ番組の司会者のように口がかたいぜ」ネズミ＝ビーバーは大まじめな顔で約束した。

パンタリーニは驚いたようだ。

「二十世紀のクイズ番組の司会者は口がかたかったのですか？」不審げにたずねる。

グッキーは真顔のままだ。

「いまはもういないからね！」と、きっぱりいう。

艦長はうなずいた。

「それはそうとして……問題というのは内々の情報なんです。搭載艇第二艇長で喧嘩好きのナークトルというスプリンガーがいるのですが、第一艇長のニッキ・フリッケルに色目を使ったらしいんです」

グッキーは黙ってすわり、パンタリーニを見つめている……相手が白いネズミに変わってしまったのかと思うほど、じっと。驚きで口がきけなかったのだ。イルトの生涯では、ほとんどなかった瞬間にちがいない。

艇長に色目を使ったんですよ！　けしからんと思いませんか？」

「問題でしょう？」パンタリーニはまぎれもないショックだといわんばかりに、「女性

　グッキーはこのあいだに気持ちをしずめて、口がきけるようになっていた。

「本当に色目を？」と、確認する。

　パンタリーニは苦痛に満ちた表情でうなずいた。

「そう報告をうけました」

「とんでもないやつだ！」グッキーはつぶやいた。容疑がかかっているナークトルのことか、あるいは密告者のことか、はっきりしないが。「ところで、サー、それがぼくとどんな関係があるんだい？」

「迫りくる不幸をどうやって阻止しようかと考えると、このところ、眠れないんです。わたしの知るかぎりでは、ニッキ・フリッケルは前向きな、まっしぐらに進む女性ですし……」

「へえ。どうしてそれがわかったの？」グッキーは興味を持ってたずねた。

「ええ、もちろん人物調査書類から。つまり、陽気な性格とありました。それならば、ナークトルのとんでもないやり方が成果をおさめるかもしれない。わたしなら、生きているかぎり、けっして自分には許さないようなやり方が」

　それを聞いてもまだ、ネズミ＝ビーバーは真顔でいられたし、道徳的に怒りを感じて

いるふうをよそおうこともできた。

「それで、ぼくにどうしろっていうの、サー？　ふたりに結婚をすすめろとでも？」

「違う、それだけはだめです！　そんなことをしたら、ふたりは、われわれが……いや、われわれでなくても、だれかが知っていることに気づくでしょう」

ネズミ＝ビーバーは急に思った。パンタリーニ自身もすくなからずニッキ・フリッケルに興味があるのに、その思いに正直になっていないのではないか、と。しかし、そのような思考をまったく読みとることができない。

「サー」グッキーは厳粛な響きをこめていった。「ぼくがこの件を責任を持ってひきうける。秘密厳守で。ぼくの努力の成果は、しかるべきときにあんたに知らせるよ。さて、ここで失礼させてもらうよ」

グッキーが姿を消した。非実体化したときに真空が生じ、空気のはじけるような音がした。

突然に生まれた空白の場所を、パンタリーニ艦長はじっと見つめていた。

＊

黄褐色の恒星がある星系からわずか数光年のところで、ミルコ・ハンネマの心の目に天国のような景色のすばらしい映像が浮かびあがった。すこしぼやけていて、はっきりしないが、大ざっぱなところはわかる。

サート・フードの幻影だ。またあらわれた！

ハンネマは心をおちつけていま起きていることに集中するのに、すこし苦労した。すでにプログラミングしていたリニア飛行を、開始の数分前にとっさに停止した。《ダービー》は遠い星系にふたたび亜光速で向かった。

通信室の透明扉ごしに、騒ぐ声が聞こえてくる。ジュルゴス・ニスがちいさなテーブルにのこりのカードを投げつけ、弟のいんちきをとがめていた。そのような喧嘩は半時間以上かかって、なんの結果も出ないと、ハンネマは経験からわかっていた。

大声でのやりとりで、ほんのすこし気がそれたが、目の前の映像は変わらない。

いま自分が見おろしている未知惑星の映像は、これから向かう星系の第二惑星のものにちがいないと、直感的にわかった。

まったくの目測だが、地表から数十キロメートル上空にいる。細部の認識は困難だ。それに、ハンネマが見ている映像ははっきりと網目模様がかかっているし、薄い霧が地表をおおっていた。

その幻影そのものだけでも驚いているのに、啞然とすることがさらにあった。自分は地質学者ではないが、眼下の風景のつじつまがあわないことはわかる。

密度の高い植生が見わたすかぎりひろがっている。かならずしもジャングルではないかもしれない。むしろ島のように、人の背の高さほどの藪が草原のあちこちに点在している。しかし、正確にはわからない。だれかが住んでいるようすはまったくなかった。はてしなくひろい平原のまんなかに巨大な山が見える。高さ六千から七千メートル、平原に漂う霧をつきぬけてそびえている。そのととのったかたちが目をひいた。底面は完全な円になっている。頂上には同様に円形の火口がある。自然の風化作用の跡はまったくなかった。

この山が巨大な火山なのはたしかだ。しかし、まわりの景色にまったくそぐわない。それだけではなかった。

非常に肥沃そうな平原にはなにもいないのに、火山のゆるやかな傾斜に、なにかが数多く棲息している。ハンネマは原始的な小屋の集落を見つけた。小屋は石と丸太でできていて、踏みかためられた道で結ばれていた。斜面には洞穴もある。出入口はどれもあとからつくったらしい。その前にはちいさなテラスまで設置されていた。

直立歩行する姿があちこちに見える。いずれにしても、個々を見分けることはできないが。それに、背景が黒い火山岩なので、はっきりとしないのだ。

こうなると、サート・フードの幻影になにも影響をおよぼせないのが残念だ。第二惑星の斜面に住む者がいったいだれなのか、どんなようすなのか、知りたかった。この幻影は現実なのだ。これまでの経験から、疑う余地はない。

幻影にすくなからずじゃまされたが、ハンネマは視線を制御装置のほうに向けた。リニア飛行をあらためて開始するためだ。そのとき、予期せぬことが起きた。

この瞬間に幻影も消えた。

あわてて振り向く……

*

グッキーは友のラスとフェルマーのところへもどった。ネズミ=ビーバーは、テレパスのフェルマーが自分の思考へ侵入してくるのを防ぐために、たえずメンタル・ブロックを構築しておくのはいやだった。だから、すべての質問を見こして先手を打つことにした。

ラスはこのあいだに浅いまどろみから目ざめて、以前よりもさらに無気力になったようだ。眠そうな目でグッキーを見つめてつぶやいた。

「新しい冗談を思いついたのか、ちび？　それならば、わたしがまた眠る前にそれを話してくれ」

「大まじめな話だぜ！」グッキーはいった。「ぼくたちは道徳の完全崩壊を目前にしている。この罪深い宇宙艦は、これ以上おさえつけることのできない激情をはらんでいて、すべてのモラルが崩壊しようとしてるんだ……」

ラスは口をぽかんと開けて聞いていた。ネズミ＝ビーバーがまるで幽霊であるかのように、じっと見つめている。それから、急に立ちあがると、なにかを拒むように両手を前につきだし、叫んだ。

「やめるんだ！　頭がおかしくなったのか？　いったいそのばかげた話はなんだ？」

グッキーは威厳を持った真剣さをまったく失わなかった。一方、フェルマーは笑いを必死でこらえている。

「その言葉をサー・パンタリーニに向けるんだな、なにも知らないおめでたい男よ！　あんたはこの鋼製の巨大艦のキャビンのひとつで、なにが起ころうとしているか、知っているのかい？　なにも知らないんだ、そもそもなにも！　それをすぐに知るべきだ。あんただって、その存在を肉欲の容認を通してのみ守っているホモサピエンスだけどね。そして……」

「頭がおかしくなっているらしい」ネズミ＝ビーバーの言葉をラスが中断し、フェルマーに助けをもとめるような視線を投げかけた。「玄武岩の塊りがこんな効果をおよぼすとは、考えもしなかった」

グッキーは感情を害されなかった。それどころか、ラスのところによちよち歩いていき、断りもなくベッドのはしにすわると、耳まで裂けそうに口を開けてにやにやした。

「いまぼくがいったようなことを、われらが艦長はいうだろう。考えてもみろよ、ナークトルとかいう男がニッキとかいう女に色目を使ったことを伝えるためだけに、ぼくを呼びだしたんだぜ。どう思う、ラス？」

ラスは言葉を失ったようだ。

「色目？　わからないな……」

「ぼくにもわかんないよ！　その裏になにがひそんでいるか、ぼくに見つけろっていうのさ」

「パンタリーニは有能な艦長だ。しかし、ときとして本当におかしなことをいう」ラスはつぶやいた。「どうでもいいことにこだわるが、気がかりだ。ふたりをひそかに探るようにいわれたのか？」

「そんなとこだね」グッキーは認めた。「でも、ぼくはそんなことしない！」

「それでいい、ちび！　われわれにはなんの関係もないことだ。それに……」

ラスはいきなり黙りこんだ。隣りにすわっているネズミ＝ビーバーの目が突然、一点を凝視したまま動かなくなったからだ。フェルマーもそれに気づき、自分の超能力を使ってから、たずねた。

「メンタル・ブロックを構築したな。それも、突然。きみはもしかしたら、そのふたりがおたがいになれなれしく目配せしたところをとらえたんじゃないか？」

グッキーは答えなかった。フェルマーの言葉が聞こえていなかったようだ。ゆっくりの視線はまだ未知の世界に向けられている。まるで一瞬のうちに目がて見えなくなったかのように、イルトはハッチに向かってよたよたと歩いていき、急に立ちどまったと思ったら、非実体化した。

*

ペリー・ローダンは休憩時間を利用して、自室キャビンにひきこもった。《ダン・ピコット》が《ダービー》の調査飛行の結果を待っていることは知っていた。その後、あらたな指示が必要になるだろう。

ポルレイターの謎が頭からはなれなかった。その最後の基地はここ球状星団M-3にあるにちがいないのだ。謎はまだ解けていないが、おそらくEMシェンの玄武岩モノリスも、ポルレイターに関係があるだろう。

インターカムの低い呼び出し音で考えを中断された。おっくうそうに、装置のスイッチをいれる。ラス・ツバイの顔がちいさなスクリーンにあらわれた。

「きみか、ラス？」

「ちょっと奇妙なことが起きました、ペリー。思うに……」

「どういうことだ？　きみはどこにいるのだ？」

「あなたのキャビンの前です。通廊にいます。フェルマーも……」

「それならば、はいってきなさい！」ローダンはさえぎって、スイッチを切った。

ハッチは自動的に開いた。ミュータントふたりがほとんど同時にキャビンにはいってきた。ハッチはふたたび閉まった。

「すわってくれ。なにがあった？」

「グッキーが姿を消しました」フェルマーはすぐに本題にはいった。「思考インパルスも見つかりません。われわれといっしょにいたとき、突然に宙を見すえて、なんの説明もなく、いきなり非実体化したんです。どういうことか、まったく……」

「その前にきみたちがなにを話していたか、それはおぼえているだろう」

「それとは関係ないと思います」ラスは口をはさんだ。「われわれが話していたのは、本当に些細なことでした。それから、突然ちびは脈絡なく立ちあがり、ひと言もしゃべらず、テレポーテーションしたんです。どこかへ」

ローダンはからだを起こし、クッションにもたれかかった。

「それだけか？」

「それだけです！」フェルマー・ロイドは認めた。

ローダンの眉間に一本しわがよった。

「グッキーはわたしがそのような冗談が嫌いなことをよく知っている。きっとまだ艦内にいて、なにかばかげたことをやらかしているにちがいない。もし、わたしが苦情をうけることになったら、今回はそうかんたんに逃げられないぞ。このあいだも、毛皮のほかはなにも身につけてない格好で、女性用のソラリウムに姿をあらわして……」

　ラスは苦笑いした。

「グッキーは冗談をたくらんでいるようには見えませんでしたよ、ペリー。なにかきっと真剣なことにちがいない。それに、なかばヒュプノにかかっているようでした」

「ヒュプノ？」ローダンは明らかに驚いていた。「この球状星団にはなにかある。それはいえるかもしれない。しかし、グッキーはどこにかくれているのだろう？　ところで、きみたちの疲労感は改善したのか？」

「いいえ。グッキーも同じです」

「そうなると、いきなり行動的になるとは、ますます驚かされる。ラス、きみのいうとおり、冗談ではないようだ。それでも、またあらわれたら、すこし痛い目にあうぞ」

「あらわれるといいのですが」フェルマー・ロイドはつぶやいた。

「あらわれるさ。しかし、われわれもやはり、なにかしたほうがいいかもしれない。司令室につないでくれ、ラス」

　パンタリーニ艦長は、あらたな指示に驚いたようだった。

「スペース＝ジェットをさらに三機、スタートさせるのですね。了解しました！」そういってから、ためらいがちに確認した。「乗員は通常のメンバーですか？」

「そうだ、特務コマンドではない。ジェットはどれも《ダン・ピコット》のすぐ近くにとどまらせるように」

「それでグッキーを探しだせるでしょうか？」インターカムのスクリーンが暗くなってから、ラスがいった。

ローダンは曖昧なしぐさをした。

「わからない」そういうと、フェルマー・ロイドのほうを向いて、「ひきつづき、グッキーとのコンタクトを試みてもらいたい。永遠にメンタル・ブロックをするわけにもいかないだろう」

テレパスはうなずいた。

*

グッキーはいつものように目標をしっかりと定めて、自分のキャビンにテレポーテーションしていた。急いで特別仕様の宇宙服を壁のロッカーからとりだし、身につける。それから、また精神を集中した。目がすわっている。まるで《ダン・ピコット》の外被の向こうを見ているようだ。注意深く観察している者なら、グッキーがある方向を見ていることに気づくだろう。星々のあいだにある黄褐色恒星の方向だ。すぐにグッキーの姿は消えた。

＊

ネズミ＝ビーバーを見たとき、ハンネマの最初の恐れは驚きに変わった。もちろん、グッキーがローダンの要請で《ダービー》にテレポーテーションしてきたのだと、すぐに気づいた。

隣室にいるジュルゴス・ニスとトビアス・ニスもはっとした。トランプのカードを持ったまま、司令コクピットにはいってきた。

「ネズミ＝ビーバー！」ジュルゴスの口から驚きの声がもれた。

グッキーはヘルメットをとって、ひとさし指で兄のジュルゴスの胸のあたりを軽くたたいた。

「そうだ。きみは非常に鋭い洞察力を持っているよ。ふたりともお利口だから、通信室にもどって、またカードで遊ぶんだ。でも、装置に手を触れないでね」ネズミ＝ビーバーは透明扉の向こうのある一点をじっと見ている。「それに、あの通信装置は故障しているし」

「故障？」ジュルゴスはかぶりを振った。「ありえない！　だったら、わたしが……」

「なにもしなくていい！　ぼくがあとで見てみるから」

「でも……」

グッキーはため息をついた。

「ぼくのいうことを信じたほうがいいよ、ジュルゴス。ハイパー通信用プラロイドフォンの第四領域にあるコレックス転送の色彩正対ユニットに黴が生えたんだ。つまり、壊れたってこと」

ニス兄弟はひどくうろたえて、通信室にもどっていった。通信装置を疑わしげな目で見ていたが、やがて腰をおろす。

ハンネマは操縦席にしずかにすわったままだった。しかし、サート・フードをはずしていた。なにもいわなかった。

「心配すんなよ」ネズミ＝ビーバーはハンネマをなだめて、腰をおろした。「ぼかあ、きみがなにか奇妙なものを見たから、ここにきたんだ。あれは幻影じゃないぜ、ミルコ。ぜったいに違う。ぼくはそれを偶然にキャッチし、この艇からきていることを確認した。あとはかんたんだ。ぼくの疑問はひとつ。きみにはどうしてそれが見えたの？」

ハンネマは自分の秘密はもうとっくに秘密ではなくなっていたことを、このときはっきりと知った。

訓練期間中のことを、すこしずつ話しはじめた。サート・フードを装着してエモシオ航法士としての訓練をうけたさい、しばしば体験した現象について……

「つまり、幻影が現実だったたというわけだね？」ハンネマの話を最後まで黙って聞いていたグッキーは口を開いた。「一種の千里眼といえるかもしんない。でも、説明はつかない。もしかしたら、新しいミュータントとしての能力のきざしかも」

「わかりません。ここのところ、見える回数も減ったし、ぼやけてもいました。しかし、さっきまたはっきりと見えたんです」

「だからきっと、ぼくとのコンタクトも意図的でなく、無意識にとれたんだ。第二惑星……そういったよね？」

「たしかです」

グッキーは心地よさそうにシートにもたれかかった。

「よし、ミルコ、そこに飛ぼう！」

「あなたは？」

「もちろんいっしょに行くよ。それが任務なんだから」

「ペリーがそういったのですか？」

「違う、ぼくがいったのさ！」

ハンネマは頭が混乱していたが、それを顔に出さなかった。サート・フードは使わない。あらたにプログラミングしなおし、すぐに《ダービー》をリニア空間にもぐりこませた。

星々がふたたび見えるようになったとき、黄褐色の恒星はスペース＝ジェットのすぐ前にあった。十光分もはなれていない……

2

マリンゴたちの村は〝父なるプルサダン〟の南斜面にある。長老クリルは自分の住居洞窟から出てきて、落ちくぼんだ眼窩（がんか）の奥の黄色い目で、東に昇ってくる恒星を見てまばたきした。

外見はヒューマノイドのようだ。身長は一メートル半たらず。マリンゴ特有の大きな団子鼻と、骨ばった頭蓋骨の上のちいさな角（つの）四本がきわだつ。それらは、この山の斜面に住むすべてのマリンゴたちが持つ特徴なのだ。

目だつのは奇妙なかたちの頬袋だ。食糧摂取だけでなく、聴覚による意思の疎通にも使われる。そこに空気をためて、吐きだすと、ふいごのように機能するのだ。そのさいに発生する音は、どれも特定の意味を持つ。

毎朝、洞窟前のテラスに行って、恒星が昇るのを見るのがクリルの日課になっていた。昇ってこなかったら警報を出すのだ。はるか大昔に一度、そういうことがあったらしい。しかし、だれもそのことをおぼえていない。

神話になり、世代をこえて語りつがれたあの話も、やはりだれもおぼえていない。最初のマリンゴたちが〝父なるプルサダン〟という名の山からきて、斜面に住みついたというものだ。父なるプルサダンは生活に必要なものすべてをあたえてくれた。暖かさ、肥沃な火山灰、住居になる洞窟。庭には食糧として必要なものがすべて繁茂していた。こうして、父なるプルサダンはマリンゴたちの神となったのだ。

クリルは恒星を見て安堵した。まだ低い位置にあるが、昇ってくるといつもうれしかった。それから、平原に注意を向ける。はてしなくひろがっていた。斥候からの報告では、最近ジャングルに一本角のマリンゴの集団がよくあらわれるようになったという。それだけならば、さして気がかりではなかった。しかし、斥候は、一本角たち全員が武装していて、鱗でできた甲冑で身をかためていると報告してきた。

追放者たちの子孫が斜面の住人といきなり戦争をはじめようとしているなどとは、想像できない。それでも、異常なことだし、きっとなにかよくないことの前兆だ。

目を細めて見た。平原で動きを発見したのだ。さらによく見た。一本角のマリンゴがほぼ二十人、全員ヘビトカゲの鱗の鎧を身につけて、ジャングルの開けたところに集まっている。協議しているようだった。煙のたたない火のまわりに輪になってしゃがんでいる。

クリルは頬袋に空気をいっぱいためこんで、抑揚を大きくつけたトリルのような音を出した。それは村はずれの住居にまで聞こえた。すぐにマリンゴの男三人があらわれて、走りよってきた。

グッキーがここにいたら、これからおこなわれる話しあいを聞いて、心からおもしろがっただろう。それはひどくへたなコーラスのようだったのだ。

「おまえたちは下の平原で下層民たちを見たか？」

「見ました、クリル」いっせいに答える。

「それで、どう思ったんだ？」

こんどはひとりだけが答えた。

「あの者たちはわれわれの村を掠奪しつくそうと思っています、クリル。何年も前に試みたときは失敗しましたが、今回はもっと人数が多い。もしかしたら、平原の住人全員かもしれません」

「それならば、われわれも戦いの準備をしなければならない。ほかの者たちに伝えてくれ」

マリンゴ三人は自分たちの住居にもどっていった。憂鬱な知らせをひろめるためだ。

クリルはその姿を不安そうに見送った。

マリンゴはもともと平和的な種族だ。平原に住む一本角たちも同じである。しかし、マリンゴたちの存在と同じくらい長くつづいている古い因習がたたったようだ。

どのマリンゴも、生まれたときはたった一本の角しか持っていない。ある薬草を子供に使い、さらに三本の角を生やしてやることが、両親の重要な仕事だった。

十歳くらいになった子供は四本角になって、はじめて部族にうけいれられ、りっぱな種族のメンバーになるのだ。不幸なことに一本角のままの者は、男であろうと女であろうと、平原に追放される。

四本の角はマリンゴの美しさの象徴であるほかに、とても奇妙なべつの目的に使われる。父なるプルサダンとの接触を可能にするのだ。どこでも、というわけではなく、ある決まった洞窟の壁を角でこすらなければならない。すると、神の力と恩恵を感じることができる。

そのため、該当する洞窟は当然、ここのところ超満員だった。どのマリンゴの戦士たちも、平原からの脅威と戦うために、父なるプルサダンに勇気と自信をあたえてもらいたかったのだ。

クリルも朝の散歩のあと、そうした洞窟のひとつに行った。ほかのマリンゴは足を踏みいれてはならない洞窟だ。ちいさいが、いつもそのときどきの長老のためにとっておいてある。

岩壁のいつもの場所へまっすぐに行った。こすった跡がはっきりとついている。四本の角ぜんぶで同時に壁に触れ、さらにそこをこするのは、なかなかむずかしい。しかし、クリルは慣れていた。

数秒後には、すでに山の答えを感じた。自信が自分のなかに流れこみ、神経組織の最後の一本にまで浸透するようだ。さらにしばらくこすり、それから突然やめた。動かずに同じ姿勢をとりつづける。四本の角は岩に押しつけられたままだ。

岩の奥深くが震動している。軽く、ほとんど感じられないほどだが。

このようなことは、まだ一度も経験したことがなかった。なにか特別な意味があるのだろうか？　父なるプルサダンがなにか伝えようとしているのだろうか？

必死で神経を研ぎすましたが、もう、なにも起こらなかった。

クリルは角を壁からはなした。この不思議な出来ごとをだれにも話さないと決心する。いま、種族全体が不安を感じているこの時期に、知らせてはならない。おちつかなくなるだけだ。

もともと楽天的な性格だったので、自信を持ってふるまい、不安そうなそぶりは見せなかった。

経験豊かな狩人の数名を呼びよせ、命令した。平原におりていき、一本角たちがなにをたくらんでいるのか、偵察してくるように、と。

狩人たちが投げ槍と刀を手に平原におりていくうしろ姿を、クリルはじっと見ていた。

＊

マンサンダーは七年前から、追放されたマリンゴたちのリーダーである。幸運なことに、一本ではなく二本の角を持っているという、その理由だけで。

何年たっても、斜面住民への恨みと憎しみは変わらなかった。一本角の仲間たち同様に、不利で不平等なあつかいをうけていると思っていた。角が四本生えなくても、それは自分の責任ではない。四本あれば、父なるプルサダンの斜面に住む権利があったかもしれないのだ。

マンサンダーは自分の部族やほかの大部分の一本角とともに、この大きな山から二十キロメートルほどはなれたところに住んでいた。その先は、ジャングルと河川域になる。そこには充分な獲物と果実があった。とくにおいしいのはウロコトカゲだ。その甲皮はいろいろと使えた。非常に攻撃的な動物で、すでに多くのマリンゴが犠牲になっていたが、ウロコトカゲ狩りは肝だめしであり、同時に食糧の獲得に役だっていた。

四本角のマリンゴたちを父なるプルサダンの斜面から追いだそうと初めて思いついたのは、二年前のことだ。マンサンダーにとって、それはむしろ威信の問題だった。山よりも平原での生活のほうがはるかにいいと思っているからだ。しかし、あの四本角たちの不公正なやり方には訓戒をあたえるべきだろう。

ほかの部族の首長たちとくりかえし話しあった。それぞれの村や畑は平原に点在している。マンサンダーが慎重に示唆した提案は、完全な理解と賛同をうけた。しかし、斜面の村のマリンゴたちがどのように武装しているかをだれも知らないのは、おろかとしかいいようがなかった。たまたま見かける狩りのグループは推測の根拠にはならない。山の斜面に斥候を送ったら、角がたりないのですぐに気づかれるだろう。結局、狩りのグループを捕まえることにした。

それが数週間前のことだ。

四本角のマリンゴ三人が、これまでもしばしばやっていたように、警戒もせず平原におりてきた。一本角たちは、それを突然とりかこんだ。こちらの意図は、威嚇するように振り動かす刀剣や刺突武器ではっきりしただろう。

その後の尋問ではたいしたことはわからなかった。四本角たちは武器を持っていたが、狩りにしか使わないという。それ以上は聞きだせないとわかったとき、マンサンダーは寛大にも捕虜を逃がした。それが間違いだったことは、あとになってわかったが。

それでも、さしあたり勝利への確信が勝っていた。

父なるプルサダンへの本当の攻撃を決心する前に、山の麓をくわしく調べなければならない。偵察隊が派遣され、有用な報告とともにもどってきた。川や谷、低い丘にはかくれ場があり、計画した兵力をそこに集めることができる、と。

しかし、まだマンサンダーはためらっていた。

斜面の四本角たちを憎んでいることはたしかだ。しかし、戦いよりもべつの道があるにちがいないと心の声がいう。もしかしたら、交渉し、古い伝統を廃止するように試みることができるかもしれない。問題はただ、クリルが話のわかるマリンゴかどうかということだ。捕虜たちの話を信じるならば、クリルは非常に自信家で、執念深く、先祖のしきたりや風俗習慣をたいせつにしているという。

みずから状況のイメージをかためるために、マンサンダーは比較的大きな偵察隊にくわわった。父なるプルサダンの斜面近くまで、思いきって前進する。一行は鎧を身につけ、もっともいい武器を持っていた。武装しているので、相手の狩人と遭遇しても危険はない。

その偵察隊は二十人ほどで、ジャングルの空き地に野営した。槍はまとめて置いて、ちいさな焚き火（たびび）をおこした。どんよりと曇った夜はひどく冷えることが多い。刀と弓はそれぞれが自分で持っていた。

その夜は何も起こらなかった。恒星が昇ると、偵察隊の一行は協議のために火のまわりに集まった。

＊

クリルが平原に送った狩人のひとりに、数週間前に一本角に捕まったのち解放されたミチェグがいた。この経験で精神がやや混乱していた。罠にあっさりとひっかかったことで一本角を憎く思う一方、解放されたことで好感を持った。この心的葛藤の結果、なにごとも自分で決められなくなっていたのだ。

だから、命じられた部隊にくわわるのも、複雑な気持ちだった。それでも、クリルに忠誠心を見せようと決心していた。それに、戦いよりも交渉のほうがいいと、一本角たちを説得したかった。

狩人四人からなる小部隊は、できるだけひそかに下層民たちに近づこうと、あらゆる掩体を利用しつくした。下層民たちはなにも気づかずに空き地にしゃがみ、協議をしている。どんな話をしているか知ってから行動することが重要かもしれない。

マリンゴ四人は開けた場所のはずれまで近づいた。びっしりと生えた藪のなかでじっと横たわったまま、追放者たちの話を聞いていた。その内容は、歓声をあげたくなるようなことではなかった。

一本角たちは、実際に大規模な攻撃を準備していたのだ。

二本角の下層民がリーダーのようだ。大口をたたいていたからだ。くりかえし刀をめったやたらと振りまわし、角に関するばかげた伝統を廃止しないかぎり、すべての四本角を殺すと脅している。生まれてくる子供にはまったく罪がない、この差別が存在しなければ、天国のような惑星での生活はどんなに楽しく平和になるだろう、と。

ミチェグはこの話を聞いて、全身が震えた。心の奥深くに、差別を非難する二本角が正しいという認識が芽生えてきたのだ。一方で……

同行者三人はミチェグとまったく違う意見のようだ。注意深く討議に聞き耳をたてている。二本角が戦闘計画を具体的に説明したときは、とくに耳をそばだてた。その計画は、戦略的に見れば非常に単純だった。武器をとれる者は、二、三日中に四方八方から父なるプルサダンめがけて行軍し、安全なかくれ場で斜面の村々への一斉攻撃の合図を待つ、というものだ。

合図は各部族の首長が垂直方向にはなつ火箭だ。それが落下しはじめたら、攻撃を開始するという。

ミチェグは自分の素性を明らかにし、向こうのリーダーと話をしようかと思ったが、あきらめた。二本角は決心を変えそうにもない。

ぎりぎりまで迷っていたが、同行者三人がうなずいてみせたので、話すチャンスはなくなった。狩人四人は音もなく撤退して、山の麓の藪にぶじにもどった。

クリルは報告を聞いて、よろこんでいるふうはなかった。

「やつらは戦いを望んでいるのか?」ほかの三人が行ってしまい、ミチェグとふたりだけになったとき、確認した。「おまえは数週間前に捕虜となった、ミチェグ。われわれ全員よりもあの者たちのメンタリティをよく知っているだろう。われわれを殲滅しようと思っているのだろうか？」

「それはわかりません、クリル。しかし、急激な変化をもたらそうと決心はしているようです。二本角のリーダーは、一本角のマリンゴも四本角と同じように権利を享受すべきだという意見です」

クリルは驚いたようだ。

「どうしたら、そんなことが考えられるんだ？　父なるプルサダンと接触するため、マリンゴには角が四本なければならないという、神の掟があるのだぞ。自分の神と接触できないマリンゴは劣等だ。山をおりて平原の下層民のところに行かなければならない。だれもその掟を廃止することはできない！」

ミチェグにも自分自身の意見はあったが、黙っていた。クリルを怒らせても、しかたがない。

自分自身に腹がたつ。ミチェグにはそれだけで充分だった。

その日のうちに、伝令が新しい情報を山の斜面にあるほかの村々へ運んだ。あちこちの鍛冶場では武器の生産がはじまり、槍、弓矢、刀がつくられた。回避できなくなった脅威に対抗するためだ。

マンサンダーが斜面での防衛準備について知ったときは、時間も限界だった。ほかの部族に攻撃計画を伝えにいった斥候や伝令が、まだもどっていなかったからだ。四本角たちとの平和的な合意が成立するかもしれないという、淡い希望はそのときに消えた。

*

「やつらは軍備をととのえている！」マンサンダーは焚き火のところにいる仲間に伝えた。「われわれへの戦いの準備をしているのだ。こっちはまだなにもしていないのに。向こうが防衛のために充分な武器をととのえる前に、われわれは攻撃しなければならない」

「もしかしたら」下層民のひとりがあえて反論しようとした。「われわれが攻撃しようとしていると聞いて、さらに武器をつくっているだけかもしれない」

「それはありうる」マンサンダーは認めた。「それならそれで、どっちみち阻止しなければならない。夜に村に忍びこんで、鍛冶場を破壊するしかないな」

「きっと見張りが立っている」

「見張りをおとなしくさせよう」

「しかし、そうしたら警戒される」ほかのひとりが指摘した。「向こうにとっては、いままではたんなる予想だった。しかし、鍛冶場を破壊すれば、われわれがなにを計画しているかはっきりと知る」

「知ればいいんだ！」マンサンダーは仲間をどなりつけた。「こっちはいずれにしろ相手よりも強い。だから、勝つ。ほかの部族がここに到着しだい、急襲する。あっちにまだ武器がそろってなければ、それだけこっちには都合がいい。今晩、決行だ」

この名もない惑星ではけっして完全に暗くならない。空にあまりにたくさんの星々があるからだ。しかし、藪が充分なかくれ場を提供した。マンサンダーの武器は特別に長い剣だった。それを刀のように振りまわすのが得意だ。仲間たちは槍とナイフを持っていた。弓矢はその日は持っていなかった。

斜面まで行くと、分散しなければならなかった。かくれるのに充分な藪がなかったからだ。一本角たちは村のはずれで落ちあう約束をした。鍛冶場はなかでいつも火が燃えているから、すぐ見つかるだろう。

たいらな比較的短い登り道を、慎重に二時間以上かけて登る。見張りに見つかることもなかった。だからといって安心はできないが。

マンサンダーが部隊をまたぜんぶ集めたときが、この作戦のもっともむずかしいところだったが、住居洞窟と原始的な小屋を通りすぎて、村の中央まで忍びこむことができた。ちょうどあらわれた雲に助けられたのだ。

だれかがマンサンダーの毛皮をつまんでひっぱった。

「あそこが鍛冶場だ！」ちいさな笛の音のようにささやく。

炎の影が洞窟の出入口から道にもれていた。その前にマリンゴひとりの影が見えた。

マンサンダーは仲間に、しずかにしているように合図した。長い剣をさらにしっかりと握って、慎重に見張りのほうに近づいていく。うとうとしているようだった。ふたりめのマリンゴは洞窟のなかで、火のすぐそばにすわっていた。わきの岩壁に槍が立てかけてある。

マンサンダーは出入口にいる見張りを殺すつもりはなかった。しかし、思いもかけず、身を守らなければならない状態におちいった。眠っていると思った見張りは、じつは起きていたのだ。マンサンダーは背中に棍棒の一撃をうけて、よろめき、その勢いで自分から洞窟につっこんでいった。飛んできた槍はかろうじてかわすことができた。見張りはいまや、ほかの一本角たちも跳んできて、出入口の見張りに襲いかかった。見張りは警告の叫びを発する前に、殺されていた。

火のところにいたマリンゴは、植物の表皮でできたベルトからナイフをぬくと、マンサンダーに襲いかかってきた。マンサンダーはこのあいだにおちつきをとりもどし、攻撃者に剣を振りおろした。

一本角たちは夜の静寂に耳をすました。しかし、なんの物音もしない。

ひろい洞窟の鍛治場を見まわす時間がやっとできた。壁には新しい槍や刀剣が何十本も立てかけてある。これらがあれば、村ぜんぶが武装できるだろう。ちいさな窪みにはナイフが置いてある。それにはまだ柄がついてなかった。

「しかし、ずいぶんお粗末な見張りだな」マンサンダーはつぶやいて、部下に武器を持つように命令した。炉を破壊して、きたときのように音もたてず、ふたたび村からそっと出ていく。だれにもとめられなかった。

下の平原の比較的安全な場所にきて、はじめて緊張が解けた。一行はよろこびと自信に満ちあふれて、森の開けた安全な場所に到着した。次の晩にはべつの村を襲おうと決心していた。

＊

はじまったばかりの戦闘の犠牲者は、最初のふたりにとどまらなかった。

クリルは狩人部隊を送りだした。肉を手にいれて、非常用のストックにもまわすためだ。隣り村が夜襲を受けたと聞いて、自分の武器をつくっている鍛冶場を同じ目にあわせまいと決心する。その鍛治場は村の中心にあり、夜も昼も見張りが立っていた。

狩人部隊を指揮するミチェグは、マンサンダーのかくれ場から遠ざかる方向に部隊をひきいていった。二十人もの下層民たちと遭遇したくなかった。もちろん、徴募された援軍がすでにこちらに向かっていることは知るよしもない。

ミチェグは完全武装のマリンゴ九人を連れていた。山のすぐ近くには、ヘビトカゲもウロコトカゲもほんのすこししかいなかった。そのかわりに、たくさんの小動物がいて、かんたんに危険なくしとめることができる。完全武装は、むしろ一本角たちへの対策だった。

昼ごろまでにすでにウサギ二十羽が狩人たちの獲物になった。ミチェグはそれをかくれ場に持っていくと、ひとりのマリンゴを見張りにのこして、のこりの八人といっしょに先に進んだ。

ちょうど小川をわたったときに、なにか音が聞こえた。一行はすぐにいくつかの藪に分かれてかくれた。すると二十五、六人の一本角たちの部隊があらわれた。かくれることなど考えていないのか、堂々と移動していく。全員が重装備だった。

ミチェグは小競(こぜ)りあいに巻きこまれたくなかったので、しずかにしているように仲間に合図した。まずいことに、下層民たちはこのときに足跡を発見し、その場で協議をはじめた。

足跡が斜面の住人のものか、自分たちの仲間のものか、意見が一致しない。その結果、結局リーダーは前進を命じた。五人だけをのこし、足跡を追跡して確認しろと指示する。選ばれた五人は、ほかの者が北の方向に姿を消すまで待って、指示を実行することにした。広大な平原で成長したので、足跡を追うことには非常に熟達していた。ミチェグと仲間を見つけるのに、それほど長くかかるはずがない。

ミチェグたちはそれを待ちかまえていた。

はじまった争いは、さらに起こるかもしれないものの先触れだった。マリンゴの声の出し方やその意味を知らない者が見ていたら、この〝戦闘〟のはじまりは奇妙な劇に思えたかもしれない。

一本角の五人は突然、頭に四本角を持つマリンゴ九人にかこまれているのに気づいた。さまざまな音と音域でなにか歌いかけてくる。驚いたほうは、調子はずれの音で数オクターブ低く答え、そのさいに脅すように武器を振りまわした。ついに槍がミチェグの頭すれすれに飛んで、藪に落ちた。

それが戦闘開始の合図となった。

平原のマリンゴはもともと四本角よりもたくましい体格をしている。数世代にわたって、よりきびしい環境条件のもとで生きてきたのだ。つい最近、追放されてきた者も、この新しい条件に適応していた。

ミチェグと仲間八人はそれぞれ灌木(かんぼく)のうしろにかくれ場を見つけて、攻撃者に向かって矢を雨あられと浴びせかけた。しかし、その多くは鱗の鎧ではねかえり、そのまま地面に落ちた。それでも、何本かは相手に致命傷をあたえた。

最後の生きのこりは降伏した。

驚いたことに、ミチェグの仲間はだれも負傷していない。灌木のほうが鱗の鎧よりもいい防御策になったのだ。

降伏した男は捕虜として連れていくことになった。しとめたウサギ二十羽をかくれ場からとってきて、見張りの男といっしょに帰ることにした。

なんの妨害もなく、狩人部隊は村についた。クリルはすぐに捕虜を連れてこさせ、根掘り葉掘りたずねた。その結果は一方では、まさに内容の乏しいものだった。部族の戦士と狩人が父なるプルサダンの麓に集まることになっている、ということしか、捕虜は知らなかったからだ。

他方で、一本角全員がマンサンダーの命令にしたがえば、斜面の住人すべてをもしのぐ戦力を覚悟しなければならないということもわかった。

捕虜は出入口がひとつしかない洞窟に閉じこめられた。

クリルは若い男たちを呼び集めた。

「父なるプルサダンがわたしにすでに伝えていたことを、捕虜が尋問で認めた。追放者たちはわれわれとほかの村への大規模な攻撃を計画している。ほかの首長のところにいって、村のまわりに石の防壁を築くようにいうんだ。そうすれば、下層民たちの矢はわれわれにあたらないだろう。夕方までにもどってこい」

その日のうちに斜面のあちこちで防壁の建設がはじまった。鍛冶場ではますます多くの武器が製造された。食糧備蓄が用意され、それ以外にも攻撃に耐えるためにすべての準備がなされた。

下の平原ではそのころ、部族の代表団が周辺地域から集まり、協議していた。

3

ミルコ・ハンネマは十分の一光速まで減速した。

「あれ、いったいどういうこと？」グッキーは通信室から司令コクピットにもどってきて、愕然としてたずねた。「なんでこんなにゆっくりなんだ？」

「それでも秒速三万キロメートルですよ」ハンネマは答えた。「やみくもに目的地に飛びこむなんて、規則違反もいいとこです……それも、未知星系のどまんなかに」

「規則なんかどうでもいいよ。どこに第二惑星があるんだい？」

「恒星のわきです。よく見えません。しかし、データははいってきています」

「幻影かい？」

「サート・フードなしなので、もう幻影ではありません」

「ぼくには弱い思考インパルスがはいってくる。でも、なにいってるか、ぜんぜんわかんない。ま、面と向かえばはっきりするさ」

「その前に殺されなければね」ハンネマは警告した。

グッキーは黙った。しかし、そんな可能性を考慮にいれていないことだけは、顔を見ればはっきりとわかった。

グッキーは通信室にもどった。ニス兄弟がまだ相いかわらず手持ちぶさたで、トランプ遊びをしている。イルトは何度かテレキネシスでゲームにひそかに参加しようとしたが、ふたりは用心している。

「なんだ、またいっしょにやるつもりですか？」ジュルゴスは不審げにたずねた。グッキーが腰をおろしたときだ。「それより飲み物をあげたら、トビアス」

弟は壁のちいさな冷蔵庫から瓶を一本とりだすと、中身をグラスにいれた。

「ぼかあ、飲まないよ」グッキーはいった。

「キイチゴのジュースですよ！」ジュルゴスは誘った。「最高品質の！ところで、質問がひとつあります。いつになったら通信装置の修理を考えるんですか？あなたはそんなものがなくてもいいかもしれませんが……」

「もういい、わかったよ。第二惑星の異人とコンタクトできて、その者たちが危険でないとわかってからね。で、そうしたらペリーに知らせる」グッキーは、トビアス・ニスが黒っぽい液体のはいったグラスをテーブルの上に置いたのを、探るような目で見た。

「ぼくの歯のことを考えてくれたかい？そんなまずい飲み物のためにぼくの一本牙はあるんじゃないよ、ウルベル」

ジュルゴスは興味をひかれて、身を乗りだした。

「ウルベルとはなんですか？」

グッキーは慎重にグラスを手にとった。あちこちまわして眺め、それから味を見た。うっとりして白目をむきだした。

「じつにうまい。ウルベルはウルベルだよ、ジュルゴス。たとえば、きみの弟はウルベルだ」

グッキーはジュースを飲みほすと、突然、動きをとめた。あっけにとられて透明グラスのなかを見つめている。底にはネズミ＝ビーバーの歯があったのだ。

思わずグッキーはあいている手を口にのばして、自分の一本牙がその場にまだあることを確認した。

トビアスがどっと笑いはじめた。一方、ジュルゴスのほうはなにが起きたのかわからない。その隣りでミルコ・ハンネマはシートごと振り向いて、しずかにするようにこぶしを振りあげて注意した。それから、スペース＝ジェットを安全に未知星系に向かわせる自分の任務に専念した。

ユーモアを解するグッキーは、かぶりを振りながら、テーブルにグラスを置いた。

「さて、そろそろ白状したらどうだい、トビアス・ニス！　このグラスになにがはいってるのさ？　まるで……ま、いいや。あんたはこれがどう見えるか知ってるはずだ」

トビアスはまだ大笑いしていたが、それもしだいにおちついてきた。あえぎながら、やっといった。

「そんなものに本当に使い道があるとは、まったく考えていませんでした。しかし、きょうのようなチャンスをみすみす見逃す手はない。その歯はテラニア・シティのお土産屋で買ったんですよ。たくさんのショーウィンドウのひとつのなかに、こんな札があったんです。〝グッキーの一本牙。最高の人工象牙でお手ごろな模造品〟とね。そこで、自分への土産にそれを買いました」

「恥知らずな行為だ！」ネズミ＝ビーバーは思わずいった。「もどったら、その商人をとっちめてやろう」

「しかし、グッキー」ジュルゴスは怒っているイルトをしずめようとした。「こんなふうに考えたらどうでしょう。一本牙が人工的につくられ、ありとあらゆる惑星からの旅行者にお土産として売られるほど、あなたは有名で愛されている、と。ペリー・ローダンやブリーの歯がお土産として売られているのを聞いたことがありますか？」

「うんにゃ、ないな」ネズミ＝ビーバーはほんのすこしいい気分にさせられた。「そう思えば、ま……でも、グラスの底に自分の歯を見つけたときには、ショックだったぜ」

隣りでミルコ・ハンネマが合図した。

「火山惑星に近づいているんだな」グッキーは推測した。「またあとで……」

グッキーはグラスのなかの牙に最後に目をやって、通信室をはなれ、操縦席の隣りに腰をおろした。

その質問をする必要はなかった。「さて、向こうはどう見えるんだい？」

キャノピーごしに惑星が見えたからだ。答えも返ってこなかった。

た。すくなくとも、艇に向いている側は。それはハンネマの幻影と同じ特徴を持ってい円形の山がそびえていた。巨大な平原のまんなかに、山頂に火口を持つする黒い姿が動いている。斜面には洞窟の出入口と小屋があり、そのあいだを直立歩行

ハンネマはもうひとつの映像スクリーンのスイッチをいれた。惑星表面で起きていることをもっと近くから見るためだ。こんどははっきりと見えた。

「なんてことだ！」グッキーは両手を頭の上ではげしく打ちあわせた。「ヴォルパーティンガーじゃないか！」

ハンネマはいぶかしげにグッキーを見つめた。

「なんですって？」

「ヴォルパーティンガーだ！　この惑星にはヴォルパーティンガーがいる！」

「ヴォルパーティンガーって、いったいなんですか？」ハンネマは必死で叫んだ。

グッキーは一時たりともスクリーンから目をはなさなかった。どうやら、その光景に魅了されているようだ。

「ヴォルパーティンガーがなにかなんて、だれも知らないよ」グッキーはやがて答えた。「でも、下に見えたもののような姿をしているにちがいない。頭に角があり、毛皮でおおわれていて、謎に満ちている」

ハンネマは深くため息をついた。

「ちょっときいていいですか？　その謎に満ちたヴォルパーティンガーは、どこにいたんですか？」

「テラのアルプスの森のどこかだ。ずっと昔のことで、いまは伝説だけがのこっている」

「ばかな！　それが、どうやってここにきたんですか？」

「ぼくがそんなことといったかい？　ぼくは、下の生物がそのように見えるといっただけだよ。《ダービー》を山の上空に静止させておけるかい？　おちついてゆっくりと、その下でなにが起こっているかを見物したいんだ」

「できますよ。しかし、なぜ、すぐに着陸しないんですか？」

「下でなにかが動いているからだよ、ミルコ。まるで正気を失ったように武器を運んでいるのが、見えない？　山の斜面だけど、平原にもいる。どうやら、ふたつの敵対するグループのようだ。ぼかあ、この惑星の住民を平和的だと思っていたけどね！　思い違いはよくあることさ！」

四本角のマリンゴとの同権をめぐる戦いを開始するため、一本角の部隊があらゆる方向から行進してきた。掟のせいで、何世代にもわたってさまざまな点で不利にあつかわれてきたのを、もともとの状態にするつもりなのだ。頭の上に角が一本でも、二本でも、あるいは四本でも、将来的に社会的なものもふくめて差別はなくなるべきだ、と。

＊

夜になると、部族の首長たちは、焚き火のまわりで若い戦士を鼓舞するような話をし、これから起こる戦いの意味を説明した。多くの者は蜂起のそもそもの意味をよくわかっていなかったが、気分転換ならなんでもありがたかった。くる日もくる日もウロコトカゲとヘビトカゲだけを狩って暮らし、しだいに退屈になっていたのだ。

マンサンダーは味方の兵力をほぼ五百人とふんでいた。父なるプルサダンの斜面にいる甘やかされた四本角に、ひどい負け戦を用意し、降伏を迫るのに充分だろう。

斜面の村はもちろん防衛に有利だった。村々をちいさな要塞に改修できたからだ。しかし、そんなことでマンサンダーはひるまなかった。よりすぐれた武器があったし、平原の仲間は敵より強靭だ。

その晩、下位のリーダーたちを集めた。

「あす、われわれは攻撃する」マンサンダーはそういって、長い剣を自信たっぷりにたたいてみせた。鞘はなく、ベルトにぶらさがっている。「長く待てば待つほど、戦いはむずかしくなる。われわれの人数でも敵を驚かすことはできなくなるだろう。われわれは分散し、あらゆる方向から同時に村を攻撃するんだ。火箭が合図になる」マンサンダーはベルトから剣をぬいて、高くかかげた。「四本角の斜面へばりつきどもに死を！」下位リーダーたちは雄叫びをくりかえした。しかし、マンサンダーが望んでいたほどには、元気よく自信に満ちて聞こえなかった。頬袋にふたたび空気が満ちると、話をするような歌声は不協和音となり、木々の梢のあいまに響いた。

*

ほかの村々には注意を呼びかけていたので、クリルはただ自分自身のことを考えればよかった。村の境界をかこむ石の防壁がつくられていた。矢や槍から守ってくれるだろう。一定の間隔で壁龕が設置され、そこにたえず見張りが配備されていて、平原を監視していた。予想される攻撃のわずかなきざしがあれば、村に警報が出される。

クリルは午後、もう一度父なるプルサダンに助言をもとめようと、自分用の接触洞窟に行った。神は自分の側に立つだろう。そのことをクリルははっきりと確信していた。けっして下層民を助けるはずがない。

すりへっている場所へ手探りで進んだ。

慎重に頭を前にかたむけて、四本の角すべてで岩壁に触れ、こすりはじめた。最初はまったく反応がなかった。しかし、やっていることを一瞬とめると、かすかな震動を感じた。数日前と同じだが、もっとはっきりとしているような気がする。

やがて、なにかが聞こえた。

遠くからとどろく音だ。山の奥深くからで、話をしようとしているようだ。

父なるプルサダンだ、と、クリルは以前にもましてはっきりと確信した。自分になにか伝えようとしている。下層民との戦いで勝利するのは時間の問題だ、と。神なる山はこちらの側に立っている。神の助けで敵を平原のはずれまで追いやることができるだろう。そもそも、敵がそこまでこれるのなら。

クリルは驚いて耳をすました。とどろく音が大きくなり、迫ってくる。山の震動がいまや、角を介さなくても感じられる。足もとの地面が揺れているようだ。

クリルはすこし不安になった。神なる山の話し方はマリンゴのそれとは違う……そう思って自分をおちつかせようとした。父なるプルサダンのいったことが理解できないのなら、いちばん都合よく解釈するしかない。だれがあとで調べたりするだろうか？

充分に納得のいく解釈を見つけたことに満足し、クリルは接触用洞窟をはなれ、小屋にもどった。若い狩人数人がテラスの上で待っていて、一本角の各部隊が山の反対側に向かったと報告してきた。すべての斜面の村を同時に襲撃されることになる、と。

クリルは外見的にはおちついていた。

「その可能性は高い」戦士たちの考えを正しいと認めた。「しかし、心配するな。父なるプルサダンと話をした。勝利はわれわれのものだといっていた」

「父なるプルサダンはわれわれ全員に話しました、クリル」若者のひとりがいった。「全員それを聞くことができたのです。洞窟にいなかった者たちも」

クリルは驚きをかくすことができなかった。

「われわれ全員に話したのか、わたしだけではなく？　いったいどうやって？」

「それはまるで、とどろく遠雷のようでした。そして、地面がほんのすこし揺れました。これはいい前兆ですか？」

長老は、そうとしか考えられないと保証した。緊急ランクをあげた出動態勢を命じ、「敵は今晩のうちにわれわれを攻撃するつもりだ」と、予言した。「こちらもはげしく迎え撃とう」

「やるぞ！」狩人たちは全員、声をあわせて誓った。

＊

《ダービー》は山頂火口の上空二千メートルのところで静止した。

〝ヴァルカン〟と名づけた惑星の地表でなにがおこなわれているのか、スペース＝ジェットの拡大表示されたスクリーンに、すべてうつしだされていた。

グッキーはヴァルカンの住民の思考インパルスが理解できるようになっていた。断片的にだが、ハンネマとふたりの兄弟にわかったことを伝えた。

「住民たちはみずからをマリンゴと呼んでいる。ふたつの違う種類がいて、戦いをしようとしているんだ。頭に角を一本持つ者たちは、四本の者たちに差別されていると感じてて、仕返しをしようと思っている。わかったのはそのようなことだね」

「われわれとなんの関係もないでしょう」ハンネマは不平をいって、グッキーを探るように見た。「それとも、もしかして介入するつもりですか？」

「まず第一に、ぼかあ、この山に興味をひかれるんだ。火山みたいだけど、まわりの風景にぜんぜんそぐわないからね。なにか放射しているようで、惑星EMシェンの玄武岩モノリスを思いだすよ。それを調べるのは、ペリーの考えにそって行動することになるじゃないか」

「すくなくとも、チーフに知らせるべきです」

「いずれそうするよ」グッキーはハンネマをおちつかせた。あらためてマリンゴに集中するためだ。どのようなものたちなのか、なにをもくろんでいるのか、もっと多くを知りたかった。

ネズミ＝ビーバーは心底から争いを憎んでいる。どんな意見の相違も平和的方法で解決できると確信していた。しかし、その考え方をいつも貫けるわけではない。相手が理性的に論理をうけいれられないときや、自身の存在が脅かされるときはなおのことだ。いくつかこれまでにわかったことだが、マリンゴたちはどちらかというと原始的だ。〝手品〟を使い、平和の必要性について納得させるのはかんたんだろう。

「火口の縁に着陸したら、だれにも見つかんないよ」しばらくしてグッキーはいった。

「しかし、われわれのほうもなにも見えなくなります」ハンネマは指摘した。

「なんのために飛翔ミニ・スパイを搭載していると思っているんだい？　それにそんなことはどうでもいいよ。ぼくはどっちみち、あそこにまぎれこむつもりだからさ。直接の接触はなしでね……」

「チーフのはっきりとした承認なしで異人と接触するのは禁止されています。それはあなたも知っているはず」

ネズミ＝ビーバーはうなずくと、

「きみのいうとおりだ、ミルコ」ため息まじりにいった。「そうすると、通信装置を修理するしかないってことになるな。ニス兄弟が力を貸してくれるだろう」

「あなたが装置を壊したんですから」ジュルゴスは通信室からいった。「自分ひとりで修理してください！」

グッキーは立ちあがって、ジュルゴスを軽蔑的な目でちらりと見ると、そばを通ってよちよち歩いていった。通信装置の前で立ちどまると、表情が動かなくなる。やがて、満足げにうなずいた。

「スイッチをいれていいよ」グッキーは司令コクピットにもどった。「でも、すぐにほかのスペース＝ジェットからの声が聞こえても、驚かないでね。がらくた三機がわれわれを追跡してるんだ。なんとかなだめて、ひかえめな態度をとれといってやって。戦争か平和かが、それにかかってるんだから」

ジュルゴスは三機への連絡をとり、いわれたことをパイロットに知らせた。それから《ダン・ピコット》を呼びだした。数分後にはローダンと話して、なにが起きたかを報告していた。

長い沈黙のあと、ローダンはグッキーと話したいといった。ネズミ＝ビーバーが恐れていたことだ。自分が突然に姿を消したことへの叱責を、グッキーは黙って聞いた。ローダンが息をつごうとしたときはじめて、しぶしぶいくつかの説明をした。クライマックスは、イルトが惑星ヴァルカンから謎のインパルスを受信し、それを調査したかったのだと説明したときだ。それに、戦いを阻止しようと思った、と。

「非常にりっぱなことだ」ローダンはいくらかためらったあとに認め、つづけた。「きみはつまり、それが玄武岩モノリスのインパルスとほぼ同じだと主張するつもりか？

ある種の類似性あるいは同一性があると思っているのか？」

「確信はないんだ、ペリー。提案なんだけど、いま《ダン・ピコット》がいるポジションにとどまっていてよ。ぼくたちは火山の映像をそっちに中継する。そうすれば、ぼくがいっていることがわかるよ。惑星ＥＭシェンでは玄武岩モノリスが場違いに見えたけど、ここではまさに、その火山が場違いなんだ。もしそれが火山ならばね。そう見えるけど、斜面に住民がいるところを見ると、すくなくとも数百年は噴火してないみたい」

「ポルレイターのかくれ場かもしれないと？」ローダンは前置きなくたずねた。

「うーん……きっと違うな。なぜ、ポルレイターが山のなかにかくれなければならないんだい？　でも、チャンスがあったら、よく見てみるよ」

「気をつけろ、ちび！　その過去の遺物にどんな悪意がかくれているかわからないことを、きみはよく知っているはずだ。あの玄武岩を忘れるな！」

「ご心配なく、わがマスター！　山の映像を送るよ。原住種族は自分たちの神だと思っているらしい」

「連絡はいつもとれるようにしておこう」ローダンはグッキーが《ダービー》の司令コクピットにもどる前につけくわえた。

＊

夕暮れになった。

これまでにマンサンダーの部隊は分散し、山の半分を包囲していた。向こう側の半分はとりあえずそのままだった。充分な戦士がいなかったからだ。

もちろん、斜面の村が石の防壁で守られていることはわかっていた。それでも一本角たちの襲撃への意欲は変わらない。報復の時はきた。もはや、だれも正義の流れをとめることはできないだろう。

火箭を持った射手たちは、すでに立って合図を待っていた。

あたりはしずかだった。ときおり、押し殺したささやきか、武器がぶつかる音が聞こえるだけだ。マンサンダーは斜面のいちばん手前の村をくりかえし見あげた。それを攻撃しようとしているのだ。村はなんの変化もない。いくつか焚き火が外で燃えている。しかし、石の防壁の向こうでは、見張りの影が動くのがぼんやりと見えた。

決着の時が近づいているのに気づいたのだろうか？

マンサンダーの計画では、できるだけ多くの者を捕虜にして、角三本を切りおとし、マリンゴ間の違いをなくすつもりでいた。二本角の自分は王になるだろう。みずからがもっとも大きな利益を手にするためだけに違いを排除しようとしている事実に、目を向ける気はなかった。

山頂の上空にちいさな光を見たような気がした。しかし、なにかの勘違いだろう。矢はそんなに高く飛ばない。マリンゴでもない。だれもそんなに高く飛べないからだ。数ダースの星々がいくつかの雲にかくれたが、それ以上は暗くならなかった。あらゆる藪をかくれ場として利用し、村まで行けるにちがいない。それですくなくとも敵の不意をつくことができる。

マンサンダーは隣りで黙って立っているマリンゴふたりに合図をした。

数秒後、燃えている矢が垂直に高くのぼった。一瞬、頂点でとどまり、それから落下していった。

三本から四本の火箭が山のわきで応答した。

部隊は動きだした。

＊

クリルは起こされたとき、不機嫌にぶつぶついった。

「なんだ？」

「やつらが攻撃の合図を出しました」一狩人があわてていった。

クリルは寝床から起きあがった。

「全員、持ち場についたか？」

「あなたをのぞいて全員です、クリル」

長老は弓に手をのばして、ベルトにナイフを刺し、若いマリンゴのあとをついて石の防壁のほうへ行った。緊張して斜面を見あげ、ひとつの影に気づいた。

「本当だ。やつらがくる」そうつぶやいて、弓に一本の矢をつがえた。「もうすこし近くにきたら……」

ほかの者も同じように標的がもっとはっきりするのを待っていた。薄暗さが、近づいてくる攻撃者にとってよりも、防衛するほうにとって障害となる。

クリルは目標をはっきりと見さだめて、矢をはなった。叫び声が命中を知らせた。それは同時に、ほかのマリンゴにとって、攻撃者をはげしく攻める合図となった。

戦いがはじまったまさにその瞬間、だれも考えもしなかったものがあらわれた。

父なるプルサダンだ！

神なる山が四本角のマリンゴに存在を知らせようとして〝話しかける〟とき、いつもほとんど気づかないような震動を発する。それで不安になる者はいない。まれにだが、洞窟のなかで耳をすませていれば、遠くの昆虫の羽音か、だれかのうなり声のような音が聞こえる場合がある。それだけで、その後の数日にわたって討論の的になった。結論はいつも、なにかの啓示だろうという話になった。

だが、今回、接触用洞窟にはだれもいない。いるのはせいぜい、攻撃者への恐れからそこへひきこもった女数人だけだ。

それなのに……！

クリルは第二の矢をつがえようとして、仰天した。

足もとの地面が突然、動いたのだ。はげしく揺れはじめて、立っていられないほどだった。クリルは驚いて地面に伏せ、石の防壁にしがみついた。その向こうが、ちょうど見わたせる。

最初は、投げつけられた棍棒が頭にあたったかと思った……痛みを感じなかったが。しかし、自分だけではないことに気づいた。薄暗がりのなか、すべての戦士があちこちでふらつきながら、つかまるところを探している。

防壁も石がかんたんに積んであるだけなので、揺れに耐えられなかった。いまにも崩れおちそうになっていたところに、マリンゴたちの支えを探す手がとどめを刺した。

壁が数ヵ所で同時に崩れた。そこは村よりも低い位置にあり、それほど急勾配ではない。それでも、石は転がりおち、加速がついて驚くほどの速さになった。地面の凹凸にぶつかると、弾丸のように高く飛び、すさまじい勢いで、平原にうなりをあげて落ちていった。

村の住民同様に、二本角のマンサンダーも驚いた。部下に大声で警告する。それぞれがかくれ場を探した。しかし、そうかんたんにはいかない。雨のように降ってくる石をくいとめるには、藪はあまりに弱かったし、木は本数がたりなかった。これに対して、ちいさな窪地はある程度、役にたった。はずみのついた石が頭上を飛びすぎていく。

当然ながら、マンサンダーは四本角がまったく新しい戦略を思いついたと確信していた。石の防壁はただ防衛のためにあると思っていたが、それがまったくべつの目的に使われていることがわかったのだ。これほど狡猾で陰険な目的はほかにないだろう。斜面の住人たちは、ただたんに防壁の石を攻撃者の上に投げればいいのだから！

だが、それだけではなかった。

＊

クリルは揺れる地面と倒壊する石の防壁に驚いてはいたが、それでもすぐに下層民たちの攻撃がやんだのに気づいた。いまなお茫然としている味方の戦士たちを元気づけるために、声をかけた。

「父なるプルサダンだ！　わたしにそういっていた！」

「われわれを本当に助けてくれたんだ！」ミチェグはクリルに賛成し、四つん這いになってやってきた。長老が立ちあがるのを手助けすると、「追放者たちが撤退していきます。しかし、われわれにはもう石の防壁がありません」

「もういらないだろう」クリルはうめいて、近くの石に腰かけようとした。しかし、その石は尻の下から転がって、斜面の藪のあたりに消えた。クリルはそのまま地面にすわりこんだ。それでよかった。次のショックで、斜面を転がりおちていたかもしれないからだ。

山が声をあげたのだ！

はじめは遠くとどろく音のようだった。クリルが洞窟で聞いたものと似ていた。しかし、いまはだれでもそれを聞くことができる。大きく、しかもはっきりと。地面がまた揺れはじめた。今回ははげしく、つきあげるようだ。近くに建っていた石の小屋が音をたてて、崩れた。住民は幸運なことに、洞窟に撤退していた。数多くある洞窟はひとつも倒壊していないことが、あとになって判明した。

はじめの轟音は、耳をおおうような雷鳴になっていた。それは父プルサダンの激しい怒りをうかがわせた。星々がふたたびはっきりと見えていた頂上付近の空が、また曇りはじめた。しかし、原因は雲ではなく、大量の埃だ。それは火口からあふれでて、すばやくひろがっていった。

「灰だ！　あれは灰だ！」クリルは愕然として、手で毛皮をなでた。「ゆっくりと落ちてくる」

マリンゴたちは斜面に住んでいるのに、活火山を知らない。自分たちがどれほど大きな危険に直面しているか、よくわかっていないのだ。風が火山灰の雨をすばやく吹き飛ばしていなかったら、斜面も平原も高さ数メートルほど灰でおおわれていただろう。突然の爆発はまさにちょうどいいタイミングに起きた。まるで、用意周到にプログラミングしたかのようだった。

だれもう、追いはらった攻撃者のことなど気にしていない。いまは急いで逃げている。攻撃者たちは転がってくる石を平原でやりすごしていた。地面の揺れもおさまり、ぞっとするほどみごとな光景を見せた山の麓から数キロメートルはなれたところに、全員が集まっている。

死者が何人か出ていた。

ミチェグはやっとクリルを助けて立たせた。

「洞窟へ！」長老は命令した。「そこに行けば、われわれは安全だ！」

いまだに父プルサダンは轟音をたてている。しかし、一触即発の状態だった戦いが終わると、その怒りはおさまったようだ。まだ火口から蒸気は吹きだしているが、地面はもう揺れない。いくつかの石の小屋が倒壊していた。

「あした」クリルはうめいた。思いもかけない神なる山の介入で、まだひどく興奮している。「あした、一本角たちを徹底的に追いはらおう。もう二度とここへはもどってこさせない。それはたしかだ」

「一本角をウサギのように追いはらいましょう！」ミチェグはそういうと、クリルを洞窟に押しいれた。逃げこんでいた女十数人が長老を迎えた。

山はまだひと晩じゅう煙を吐いていた。それから、風がやみ、同時に灰の雲が突然、消えた。

怒りをこめた最後のとどろきのあと、あたりはしずかになった。

4

「思うのですが」マルチェロ・パンタリーニ艦長はちょうど司令室にはいってきたジェフリー・アベル・ワリンジャーに向かっていった。「ペリー・ローダンは規律違反のネズミ＝ビーバーに寛大すぎます。あの小動物にはたしかに驚くべき能力がありますが、だからといって、あのようなとっぴな行動は許されないでしょう。格好な例としてとりあげ、処置をもってのぞまなければなりません。その処置とは……」

ワリンジャーは艦長になんともいいがたい視線を向けて、隣りのコンソール前の成型シートにすわった。

「あの小動物の驚くべき能力は」ワリンジャーはゆっくりと強調した。「たとえば、テレパシーで思考を読むことだ。それに性格的な特徴がくわわる。それを慎重に〝仕返し好き〟と呼びたい。両方がいっしょになると、用心が必要という結論になるぞ」

パンタリーニはすぐに理解した。

「わたしは艦内規則に抵触するとか、あるいはだれかを侮辱するようなことは、なにもいわなかったし、考えてもいません。それに……」

「それでも充分だ。グッキーは動物になんの敵意も持っていないし、まったくその反対で、われわれよりも動物のほうが好きかもしれない。しかし、自分が〝小動物〟と呼ばれると、怒りくるう可能性がある」

「ほとんど一光年はなれた場所にいますし……」

「それでもだ！」

パンタリーニは黙って、機器を操作した。数人の技術者はいい気味だというように、にやにやしている。そのなかには首席技術者のマート・フロリンガーもいた。艦長にすこしきつくいわれたのを、内心よろこんでいた。そのもったいぶった態度がいつも癇にさわっていたからだ。

ペリー・ローダンは、インターカムで情報をうけてキャビンからグッキーと話したあと、ラス・ツバイとフェルマー・ロイドを呼びよせた。ふたりに説明し、次のように締めくくった。

「きみたちはどう思う？　われわれ、イルトの助言にしたがって、まずはいまのポジションを変えるべきではないと？　それとも、グッキーのいる星系を調査するほうがいいと思うか？」

フェルマーはインターカム・スクリーンの映像を調べた。《ダービー》から送られたものだ。

「火山……？　奇妙ですね。いやな予感がします。もしかしたら、グッキーが考えていることが正しいのかもしれない。EMシェンでは玄武岩モノリスを調べて、大変な思いをしました。この火山はもっと大きい……」

「まずは待つべきでしょう。この惑星のすぐそばにスペース＝ジェット四機が待機しているのですから」と、ラス。「問題は、なにか危険が生じた場合に、グッキーがうまく気づくかどうかです」

「いま心配しているのはそれだけだ」ローダンは認めた。「しかし、われわれは《ダービー》と連絡をたもっている。グッキーは着陸をもうあきらめただろう。そう願う」

ミュータントふたりの顔には疑いが露骨に出ていた。

「あのちびは、われわれが〝頑固〟と呼ぶ態度を〝決然とした〟というのです」ラスは説明した。「ミルコ・ハンネマを説きふせて着陸させるか、すぐに惑星の表面にテレポーテーションしますよ。賭けたっていい」

「グッキーの身にたいしたことは起こらないでしょう」フェルマーはいった。「ただマリンゴたちのことだけに関わっているかぎりは。しかし、ちびなら火山に興味をひかれるはず」

ローダンは応えなかった。黙ってスクリーンを見つめている。恒星は沈みかけて、あたりはしだいに暗くなっていた。平原には甲冑に身をかためた者たちが攻撃のために集まっていたが、その後の地震で攻撃は失敗した。最後には、火山からもうもうたる灰が噴出した。

ジュルゴス・ニスがときどきコメントを伝えてきた。情報として充分だ。やがて、火山活動もやんだ。

ジュルゴスがふたたび連絡してきたとき、ローダンはいった。

「グッキーはどこにいる？　もう何時間も連絡がない」

「いまは眠っています」ジュルゴスは答えた。「三時間前からひきこもって」

「ひきこもって？」ローダンはいぶかしく思った。「それだけのことか？」

「そう思いますが」ジュルゴスの声は自信がなさそうだ。「疲れたといっていました」

「グッキーと話がしたい。いますぐ！」

この瞬間にトビアス・ニスがスクリーンにあらわれた。兄と交代するためだ。

「グッキー……？」トビアスはゆっくりといった。「グッキーならキャビンにいる」

「調べてみてくれ！」ジュルゴスはたのんだ。「ペリーが話をしたいといっている」

かぶりを振りながら、トビアスはふたたび姿を消し、また数秒後にはあらわれた。手に持った一枚のフォリオが揺れていた。

「これを見つけた」かすれた声でいった。「読みあげようか？」

「さっさとやれ！」ジュルゴスは胸騒ぎがした。

トビアスは読みあげた。

ぼくはヴォルパーティンガーたちを訪問する。すこし時間がかかるかもしれないけど、大騒ぎする必要はないよ。それをペリーにもいっといて。　　ぼくより

ジュルゴスはにやりとしたが、すぐにまた真顔になった。ローダンがこういったのだ。「グッキーはこの宇宙において出された指示を、すくなくとも二度はかならず無視する。すでにそれが習慣になっているのだ。しかし、今回はいくつかいって聞かせなければならない。もし、艇にもどってきたら、教えてくれ」ローダンはすこしためらってから、こう締めくくった。「グッキーがどうなったかわからないかぎり、けっして着陸するな」

映像通信装置はスイッチがはいったままだった。

＊

一触即発の戦闘が地震と噴火で予定より早めに終わったとき、グッキーはよりはっき

りとしたインパルスを受信したと確信した。マリンゴたちからのものではない。マリンゴたちのものはまったく理解不能で、情動も思考パターンもなかった。

恒星が昇り、火山がおちついてようやく、謎めいたインパルスはまた弱くなり、最終的には完全に消えた。そのかわりにマリンゴたちのインパルスがよく受信できるようになった。

ある程度の知性を持つ生物が住んでいる未知惑星に許可なくテレポーテーションすることは、すべての現行法規に抵触する。それはネズミ＝ビーバーにもよくわかっていた。しかし、許可をもとめても、認められないこともわかっていた。

つまり、もとめないほうがいいということ。

《ダービー》の乗員を当惑させないため、グッキーは大あくびをして、とても疲れているから、すこし眠りたいといった。自分のキャビンに行って、男たち三人に短いメモを書きのこし、ベッドに横になった。より集中するためだ。

驚いたことに、それほど困難をともなうことなく、あるマリンゴと一方通行のテレパシー・コンタクトをとることができた。それは種族の長老で、奇妙な火山の斜面に住んでいる。前日に撃退したマリンゴたちの攻撃が目前に迫っていることを、必死で考えていた。

そのそばに、もうひとりマリンゴがやってきたので、グッキーはふたりの名前がわかった。クリルとミチェグだ。

「あんたたちのお楽しみをぶち壊してやるぜ」ネズミ＝ビーバーはきっぱりとつぶやいた。

思考イメージから察するかぎり、マリンゴふたりは比較的大きな洞窟にいた。それも、ふたりだけで。グッキーはふたりから五メートルほどはなれた場所に精神を集中する。もう一度、方位測定して、ジャンプした。

洞窟のなかはそれほど明るくなかった。グッキーの目が薄明かりに慣れるのに数秒かかった。耳はいずれにしても慣れる必要はなかった。すぐに聞こえた。

聞こえたことに驚いて、からだがかたまったようになった。洞窟の内壁にぴったりとよって、かなり暗いところに立っていたのだ。五メートル先の洞窟の出入口近くに、マリンゴふたりがすわって話しあっていた。ひどく音痴な歌合戦のようだ。頰袋がふいごのように動いている。

たいていのインパルスは受信し理解できるグッキーも、こんな会話はいままで経験したことがない。すくなくとも相手を理解するのに問題はまったくないだろうが、どうやってマリンゴにこちらの意図を伝えればいいのか？　歌うのは苦手だ。

暗がりに守られるようにして、思考インパルスを受信しているあいだ、耳をふさいでいた。

「いや、これ以上は待たずに追撃しよう、ミチェグ」クリルが抑揚なく歌った。「下層民たちの四肢にはまだ昨晩のショックがひそんでいるから、あっさりかたづけられるというわけだ。時間をあたえたら、相手がまた気持ちをおちつけて英気を養うことになる。それに、われわれが第二の攻撃を撃退できるかどうか疑問だ。父なるプルサダンもいつもわれわれに味方するわけではないだろう」

「でも、きのうは味方しましたよ、クリル！　われわれが正しいことがわかったんです。だから、また助けてくれるでしょう。われわれの狙撃兵には休養が必要です。ひと晩じゅう、寝ずの番をしたんですから」

「こっちは女たちが眠らせてくれなかった」クリルは泣き言をいった。「やさしく世話をしてくれたんだ。もうすこしで病気になっていたかもしれない。さ、戦士を集めるんだ、ミチェグ」

ミチェグは洞窟の奥に絶望的な視線を投げた。

「父なるプルサダン、どうかわたしに味方をしてください！　クリルに話しかけ、戦闘はまだ早いといってください。若いマリンゴたちが……」

グッキーは独特の洞察力で自分に好都合な状況を見てとり、チャンスだと思った。音もなく、岩壁の陰から歩みでる。マリンゴふたりが気配を感じて、あわてて振りかえる。グッキーは祝福をあたえるように腕をひろげ、調子はずれの歌を歌いはじめた。三音めあたりで、過去の大衆音楽の演奏者が全員、墓のなかでのたうちまわったかもしれない。

「父なるプルサダンの使者だ」ミチェグはうろたえ、歌って返した。

自分の歌の披露にすでにうんざりしていたグッキーは、腰をかがめて挨拶し、うなずいた。そのしぐさが、銀河系のほとんどの居住惑星と同じく、ここでも理解されることを、ひそかに期待していた。

流れこんでくる思考インパルスがそれを証明した。

いちおう、ここまでは成功した。あとはイエスかノーかで答えればいい。質問は相手がするだろう。

「きてくれたのですな」驚きから回復したクリルがいった。ミチェグにけっして出しぬかれたくなかった。「今晩のように、追放者たちへの戦いでわれわれに味方するために。そうでしょう、父なるプルサダンの使者？」

グッキーは力をこめてかぶりを振った。

長老はどういう意味か理解したようだ。否定である。落胆がはっきりとうかがえた。

「しかし、われわれはやつらを追いはらわなければなりません！」クリルはまた試みたが、〝使者〟がもう一度かぶりを振ったので、どうしたらいいかわからなかった。

ミチェグはこの状況をなんとかしようとした。

「戦士たちに休養は必要ですか？」そう質問した。

グッキーはうなずいた。こうして、まずは猶予期間をまんまと手にいれたのだ。ふたりはこっちを神なる山の使者だと思っている。すばらしい。いい滑り出しだ。願わくは、《ダン・ピコット》からのじゃまがはいらないといいのだが。テラナーに、イルトの駆けひきと論理のなにがわかるんだ？　親友たちでさえ笑い飛ばすだろう。この奇妙な異惑星で神のようにほめたたえられるのも、テラナーの利益のためなのに。

「いっしょにきてください。あなたをほかの者たちに見せたい」クリルはたのんだ。「まるで博物館の展示物ではないか。「父なるプルサダンがわれわれの味方だと教えたいのです」

グッキーはまたうなずいて、了解したことを伝えた。父なるプルサダンという山を、マリンゴたちは神のようにあがめている。火山だからではない。きっとべつの理由があるのだ。その理由を見つけだす価値はある。

ミチェグは先に急いで出ていき、使者のことを村に知らせた。ネズミ＝ビーバーがクリルといっしょに洞窟から歩みでたとき、集まっているマリンゴたちの頬袋は空気で膨らんでいた。どのような芸術鑑賞がこれからはじまるのか、グッキーにはもうわかっていた。

ネズミ＝ビーバーは二十世紀のヴィデオ・フィルムを見るのが好きだ。そのころ、はじめてテラナーと出会ったからだ。思い出にふけった。そういうわけで、当時の芸術家たちのおもしろい演目にも、ある程度くわしいのだ。

マリンゴたちがいまやっていることを見て、ある大勢でやる出しもののことをぼんやりと思いだした。はじめて聞いたとき、見たことがなかったので、手を合わせてやるものだと思った。あとになって、スクリーン上で大合唱を見て、自分の勘違いに気づいた。名前で思い違いをしていたのだ。〝合掌〟ではなく、〝合唱〟だった。

いずれにしてもマリンゴたちの出しものは、美しい響きの歌とは関係がなく、神経の強靭さを要求するものだった。敬意を表す吠え声をスティックなおちつきでうけとめなければならないのだから。

頬袋の空気がしだいになくなってきた。また膨らむ前に、クリルがすばやく歌うように発言し、種族に伝えた。父なるプルサダンが援助者を送ってきた、これから力になってくれるだろう、と。

「大騒ぎをするな!」グッキーは大声を出した。クリルの空気がたりなくなり、ひと休みしたときだ。「下の平原にいる者たちを、そっとしておくんだ。その者たちにもきみたちをそっとしておくよう、ぼくが説得する。わかった? 説明は充分だった?」

当然、マリンゴたちにはわからない。

わかるどころか、驚いてあとずさりしている。自分たちの耳に心地よく響く歌のかわりに、甲高(かんだか)いきんきら声が聞こえたからだ。まったくメロディのようなものはない。すくなくとも神の使者なら、もっと心地よい響きのバスが聞けると思ったのだが。

　グッキーは短いスピーチが完全に失敗だったことに気づいた。流れこんでくる思考インパルスに失望がうかがえる。聴覚的な観点で、マリンゴには完全な期待はずれだったらしい。それに、いっていることも理解してもらえなかった。

ま、いい。それなら、べつのやりかたで感動させればいいし、尊敬させられるだろう。まわりを見まわした。さっき出てきた洞窟の出入口の上は傾斜がかなり険しく、上り坂になっていて、村の広場のほぼ三十メートル上にあるせまい平坦地につづいている。そこへテレポーテーションするのは造作もないことだ。特別な精神集中さえ必要ない。

目の前で一瞬のうちに起こったことは、マリンゴたちには本当の意味で超自然的な現象だった。この異生物は父なるプルサダンの使者なのだと確信した。

目の前で消えたと同時に平坦地の上に立って、自分たちを見おろしている。

使者はどこでも一瞬で居場所を変えられるのだ！

「われわれを見すてないでください！」クリルは驚いていった。

やっとまた答えられる。ネズミ＝ビーバーはうなずいた。

「それでは、われわれのところにいてくれるのですか？」

　グッキーは〝イエス〟の答えを伝えた。

「あなたはわれわれに下層民たちを追撃するなというのですね？」

グッキーはうなずいた。これで三回めだ。

「おまえたちは答えがわかっただろう」クリルは戦士たちに向かっていった。「横になって充分に休息をとれ。あとでなにをしなければならないか、教えよう。ミチェグとわたしはそのあいだに使者ともっと話をするつもりだ」

群衆はおとなしく立ちさった。グッキーはテレポーテーションして、ふたたび村にもどった。音声による質問とそれに対する無言の答えで情報交換が実行できるのを、マリンゴふたりはやっと理解した。もう意思の疎通は確実も同然だ。

三人は石壁の残骸の上にすわって、苦労しながら、長々とつづく交渉をした。

こうしてグッキーはマリンゴたちの伝統について知ったのだ。

すると、急に腹がたってきた……

＊

「毛皮のヒューマノイドふたりのそばにすわって、話しています」ハンネマはペリー・ローダンに伝えた。ローダンはそろそろがまんの限界らしく、また連絡をよこして、いまいったいなにが起きているのかをきいてきたのだ。「どうやら友好的な会話のようですが、火山の麓の平原ではなにかが起こっているらしいです」

「映像を送ってくれ」ローダンはたのんだ。

ジュルゴス・ニスは映像を調整して、ハイパーカムで送った。

火山から三キロメートルほどはなれた、上からしか見えない深いジャングルに、一本角のマリンゴたちが集まっている。敗北感を克服したようだ。数人は傷を負っているが、それでも健康な者と同様に、槍の穂先とナイフをたいらな石で研いでいる。

「われわれはまだ介入すべきではないと思っている」ローダンはスクリーンの前で隣にすわっているラス・ツバイにいった。「あの異人たちのことをまったく知らないではないか。その動機も、性質も、なにもわかっていない！　われわれはここにポルレイターの手がかりを探しにきた。火山はたしかにひとつの手がかりでもあるが」

ラスはうなずいた。

「グッキーはマリンゴとの意思疎通に成功しますよ。つまり、われわれよりも相手をよく知っていることになる。火山はグッキーからも、われわれからも逃げやしません。目前に迫る戦闘にまともな理由がたったひとつでもあれば、ちびは関与しないでしょう。しかし、ネズミ＝ビーバーにとって、これまでの戦闘にまともな理由などかつてあったでしょうか？　今回がまさにその最初かもしれません」

「そうなると、また仲介役をやるつもりでしょう。それも、こっちに断りもなく！　ま、ついでに火山についてなにか見つけるかもしれない。しかし、親愛なるグッキーがすでに独断的行動に出たのだから、われわれもむこうの忠告にしたがうことはない。《ダン

・ピコット》で星系にすこし近づこう。フェルマーがテレパシーでコンタクトできるところまで」
「その距離を前もって決めるのは非常にむずかしいですね」テレパスが口をはさんだ。

「磁性エネルギー・フィールドが……」

「ま、やってみよう」ローダンはフェルマーをおちつかせた。「まずはグッキーとコンタクトすることが狙いなのだ。テレカムをご丁寧に切っているから」

ローダンはマルチェロ・パンタリーニと連絡をとった。

*

グッキーはクリルとミチェグに意見をいえないのがとても残念だった。それでも、いま習いおぼえた質疑応答ゲームで、マリンゴたちのいがみあいの原因を見つけだすことに成功した。

角が四本ない若いマリンゴたちへの差別に腹がたった。何代にもわたって追放された者たちが、その屈辱に終止符を打つことをいま決心したとしても、不思議ではない。しかし、角のたりない者たちが優位をたもち、勝利したら、そのときから四本角のマリンゴが抑圧される可能性もある。

すべては以前のまま、ただ、立場が反対になるだけだ。

しかし、火山……父なるプルサダンについては、非常に多くのことがわかった。火山が噴火したのは実際にはじめてだったのだ。グッキーはこの出来ごとをマリンゴ同士の争いのせいだと思わなかった。むしろ、スペース＝ジェットか、もしかしたら、いくらかはなれたところにいる《ダン・ピコット》が原因かもしれない。

しかし、そのようなものに反応するのなら、ふつうの山ではないといえる。火山のなかにはなにがあるのだろう？

グッキーはできるだけ早く、それを見つけだす決心をした。

村からマリンゴひとりが走りでてきた。崩壊した石の防壁のところで見張りをしていた男だ。

「下層民たちが、クリル！　また攻撃をしかけてきます！」

クリルは立ちあがった。

「武器をとるんだ、ミチェグ！　使者がわれわれに力を貸してくれるから、敵を打ち負かせるにちがいない」クリルはグッキーを見つめた。「やってくれますね？」

ネズミ＝ビーバーは時間を稼ぐために、その質問に〝イエス〟で答え、マリンゴふたりのあとをついて村へ行った。女たちは洞窟のなかにかくれ、男たちは武器を持って防壁に急いだ。防壁は、槍と弓の攻撃にもう役にたちそうになかったが。

マンサンダーは今回、戦力を分散していない。部隊ののこりすべてとともにクリルの村へ向かってくる。鱗の鎧が恒星の光で鈍く光っていた。だれも逃げかくれしようとは思っていないのだ。

半時間で村のはずれに到達するだろう。

なにかを起こすチャンスだ、と、ネズミ＝ビーバーは確信した。だが、一本角たちをテレキネシスの芸当で敗走させても、意味がない。クリルが思いあがるという、さしせまった危険が浮上する。追放者たちを追撃して、全員殺してしまうかもしれない。

双方がやる気を失うようなことをしなければならない……父なるプルサダンの使者として。神なる山は、一本、二本、三本、四本といった角の数ですべてのマリンゴを差別しないことをしめさなければならない。

興奮状態でだれも見ていなかったので、ふたたびせまい平坦地にテレポーテーションした。そこからはすべてがよく見わたせる。テレカムのスイッチをいれて、《ダービー》を呼びだした。

「いまから、見られないように火口付近にきて。ぼくが合図したら、もったいぶってゆっくり上昇してほしいんだ」グッキーは、応答したミルコ・ハンネマにいった。「きみたちは、ちょうどいいタイミングで父なるプルサダンになるのさ」

「なにをいっているか、わかりませんが……」

「マリンゴたちは神なる山を尊敬してるんだよ、ミルコ！　ぼくをその使者だと思っているんだ。ぼくがいくつかちいさな奇蹟を起こしたあと、両腕を頂上のほうにのばしたら、きみたちは姿をあらわす。すると、ぜったい……」

「もうわかりました」ハンネマは話をさえぎった。「ペリーの怒りを買わないことだけを祈りますよ」

「その心配はぼくにまかせて」グッキーは答えた。「さ、やろう！　二十分後に魔術がはじまるぜ」

《ダービー》はいっきに降下し、火口のなかに姿を消した。マリンゴには空を見ているゆとりはなかったので、だれもスペース＝ジェットには気づかなかった。

すでにマンサンダーの戦闘グループは山の麓に到達し、登りはじめていた。転げおちてくる石は、恒星の光があれば恐れることはない。うまいぐあいに避けられるからだ。

クリルは戦闘の開始後、はじめて槍を投げた。向かい風が強かったにちがいない。飛んでいる最中に方向が九十度変わり、力なくわきの藪のなかに落ちたのだ。攻撃側のせせら笑う声が、奇妙な音楽のように防衛側のところまで響いてきた。

クリルは怒りにまかせて部下のひとりから槍をひったくった。しかし、思いなおしたのか、それを返して、愛用の弓をとった。慎重に狙いを定めて、矢をはなつ。

同時にマンサンダーが槍を投げた。

なんと奇妙な偶然だろう！　槍と矢が空中でぶつかったのだ。しかし、地面に落ちるかわりに、ひとつになり、高く舞いあがった。ハネムーン中の二羽の鳥のようだ。槍と矢はおたがいのまわりをまわり、ますます高くのぼり、最後は靄のなかに消えていった。

双方がショックから立ちなおるまでに、ほぼ一分かかった。だれも説明ができなかったし、父なるプルサダンの使者のことなど忘れていた。しばらくして、戦闘がまたはじまった。雨あられと降る矢と槍が村からはなたれ、一本角たちに向かって飛んでいく。一本角たちは意を決して、壊れた石の防壁への突撃にうつろうとしていた。

矢と槍がひと塊りになって飛んでいくが、高度を落とすことなく、一定の速度をたもったまま平原をぬけた。やがて、湖のひとつに落ち、沈んだ。

クリルは、自分に不都合になるようなこの奇蹟が父なるプルサダンのしわざだとは信じられなかったし、信じたくもなかった。説明もつかない。いずれにしても、勝利への確信がひどく揺らいでいた。

マンサンダーはこれに対して、神なる山がいまは自分の側に立って戦っていることをかたく確信していた。いまだにあっけにとられている戦士たちに、いくつか命令を出した。戦士たちはまた動きだし、あらたな攻撃にまさにうつろうとしている。

ネズミ＝ビーバーには、はっきりとわかっていた。まだイルトの姿を見たことのない生物の目に、自分が奇妙にうつることはあっても、震えあがらせることはできないだろう。マリンゴより半メートルも背が低いのだ。ヘルメットをかぶっていれば恐怖感をあおる効果があったかもしれないが、《ダービー》のキャビンに置いてきた。一本角のマリンゴたちが武器を振りあげながら石の防壁に近づいてくる。グッキーはハンネマに自分が見えるかどうか、確信がなかった。そこで、テレカムのスイッチをいれた。

「いまだ、ミルコ！　上昇し、それから下降しろ！　攻撃者たちを驚かして、進撃をとめるんだ。あとはぼくが面倒みる」

「いま向かっています……」

それでも、スペース＝ジェットが山の上空にあらわれ、敵対する者たちのあいだにある斜面に近づくのに、さらに一分もかかった。おまけに、ハンネマはすべての投光器のスイッチをいれていた。あらゆる方向に放射される光は《ダービー》をさらに不気味に見せただけだった。

グッキーは目下のところ中立地帯の上空ほぼ十メートルあたりにテレポーテーションした。テレキネシスで高いところにとどまっている。その姿は、投光器のおかげで本当に超自然的に見えた。

マンサンダーは両方の不思議な現象にびっくり仰天し、逃げだした。途中なにかにつまずき、もんどり打って地面に投げだされる。驚きのあまり、顔を地面の草に押しつけた。もうなにも見たくなかったのだ。

マンサンダーの戦士たちにも同じようなことが起こった。光環をともなった円盤が、いま百メートルほど上に浮かんでいる。その下には翼なしで飛ぶことができるちいさな姿が光に照らしだされている。

　村ではマリンゴたちがやはり麻痺したようになっていた。槍を投げたり、矢をはなったりする者はいない。使者にあたるかもしれないからだ。先頭の一本角たちは慎重にからだを起こして、平原に駆けおりようとしていた。武器はあっさりと置き去りにした。

　マンサンダーはひとり突然とりのこされたのを知った。恐ろしげに上空を盗み見る。しかし、なにも変わっていない。いずれにしても、ちいさな姿はゆっくりと近づいてくるようだ。目を細め、その姿をよく見た。思い違いではない。頭上五メートルくらいのところにいる。

　パニック状態になり、恐ろしさのあまり立ちあがり、安全な場所に逃げようとした。しかし、数歩も走らないうちに、突然、自分の体重をもはや感じなくなっていた。足が宙に浮き、逃げた部隊のあとを滑るように飛んでいたのだ。部隊のほうも驚いている。勇敢なリーダーが恐怖のあまり飛べるようになり、自分たちを追いぬいていくからだ。

　いずれにしても、リーダーは干からびた草地に勢いよく落ち、棘（とげ）のある灌木のあいだをなお数十メートルも滑り、最後は傷だらけで横たわったままになった。

　戦士たちは追いついて、まわりをとりかこんだ。全員が同時に歌うようにしゃべったので、マンサンダーはひと言もわからない。しかし、なにかいわなければならないと気づいた。ふらつきながらも立ちあがり、おごそかに伝えた。

「われわれはもうけっして山を攻撃しない、わが友よ！　四本角が望むならそこで幸せに暮らしてもらおう。われわれにはこの平原のほうがずっといい、おまえたちはそう思わないか？　父なるプルサダンは、そう望んでいることをわれわれにしめしたのだ」

歓声の嵐で全員が賛成していることがわかった。マンサンダーはつづけた。

「家族のもとへもどり、なにが起こったか報告しよう。われわれは勝利したのだ、友よ！　もし負けていたら、怒れる山の斜面で暮らすことになっていただろう。悲しい運命だ。われわれはたしかに勝利した。だから、勝者として村にもどれる」

作戦行動の成果におおいに満足して、マンサンダーとその戦士たちはひろい平原に帰っていく。全員、父なるプルサダンをもう二度と呼びだすようなことはしないと、かたく決心していた。

5

「火口のところで待っててね、ミルコ」グッキーはテレカムのマイクロフォンにいって、村のまんなかにおりていった。クリルはまだじっとその場に立って、ちいさな黄色い目で恐ろしそうにネズミ＝ビーバーを見ている。

スペース＝ジェットの照明が消えて、すぐに火口の上で見えなくなった。下から見ると、スペース＝ジェットが山のなかに直接はいっていったようだった。

グッキーは岩の上に腰かけた。

「あんたにはぼくのいっていることがわかんない。それはわかってるよ、クリル。でも、いくつかは理解できるかもしんない。あんたたちの行動は、親戚の一本角と同じくおろかだよ。一本角たちはこれからはわずらわせないだろうから、あんたたちもかれらをそっとしておくんだ。マリンゴはみんな平等だ。いくつ角を持っているかなんて、どうでもいいのさ。わかったかい？」

話に大げさな身振り手振りをくわえてわかりやすくした。グッキー自身もテレパシーで探って驚いたのだが、クリルはいわれたことを理解していた。これでとりあえず戦争の危険はとりのぞかれた。マリンゴたちの次世代がどう行動するかはわからないが。

テレカムが鳴った。グッキーはそれを耳にあてた。

「チーフが話をしたいといっています」ミルコ・ハンネマがいった。その声はうれしそうではなかった。

「それは大変だ！」グッキーは驚いてうなった。「どうやって？」

「《ダービー》にきてください。直接つながっていますから」

「たまんないや。ぼかあ……待って、ミルコ！　テレカムもハイパーカムも切ってかまわないよ。連絡がきたから」

ハンネマがなにかたずねる前に、グッキーはテレカムを切っていた。フェルマー・ロイドの思考インパルスをうけたのだ。非常にはっきりとしていた。

〈よく聞くんだ、ちび！　《ダン・ピコット》はいま星系のはずれにいて、きみのインパルスをとてもよく受信できている。いま気づいたのだが、そっちも同じらしいな。きみは自分自身に課した重要任務をやりとげ、戦争は回避された。しかし、もう終わりにしろ！　ペリーからの命令だ。すぐに《ダン・ピコット》にもどれ！　わかったか！　すぐにだ！〉

自分に話しかけているとクリルが思ったかどうかは、グッキーにとってどうでもよかった。とにかく、声に出していった。

「そのとおり。意思の疎通はひどくお粗末で、あんたのいってることがほとんど理解できないんだ。うん、戦争は終わったよ。褒めてくれてありがと。それで、ぼくになにをしろって？　山をなんとかしろ？　そうだよね……」

〈わたしは山のことなどいっていないぞ。ペリーがきみにここにこいといっている。いますぐ！〉

「わかった、フェルマー！　そちらに行く必要はないから、すぐに火山のことをなんとかしろというんだね。そうしよう！」

〈グッキー！〉フェルマー・ロイドの思考は、口に出した言葉と同じくらいはっきりとしていた。〈もし、きみがいますぐに……〉

「すぐに出発するよ」グッキーはそういうと、完全に思考をブロックした。もうフェルマーに思考を読まれることはない。こっちもフェルマーの思考を読めない。いんちき話を信じてくれるといいのだが。

グッキーはクリルのほうを向いた。

「さて、ヴォルパーティンガーもどきさん。ぼくはあんたたちのもとをはなれる。父なるプルサダンを表敬訪問しなければならないんだ」グッキーは山頂を指さした。「お利口にしててね。でないと、宇宙のすべての悪魔にさらわれるよ。よかったね、そんなに美しい角があって。火山もさ……ぜったいに火山じゃないけど。元気で、長老！」

クリルはあらたなアリアでそれに応えようとしたが、父なるプルサダンの使者のすわっていた場所は空っぽになっていた。

神のような存在は消えた。

＊

グッキーは慎重に、マリンゴのいない洞窟のひとつにテレポーテーションした。そもそも、山の内部にいきなりジャンプするのはあまりに危険だと思っていた。方位測定が望んだような成果を出していないからだ。山がみずからをシャットアウトしたにちがいない……例のごとく。

だれに、あるいは、なにに対して？　もしかしたら、こちらに対しても？

惑星ＥＭシェンでの出来ごとを思いだして、グッキーは多少いやな気分になった。あの玄武岩モノリスから出ていたインパルスは火山のそれと似ている。はっきりとした類似性がある。だから、慎重に行動しなければならない。

ポケットからちいさな投光器をつかみだした。洞窟内部は薄暗かったからだ。すぐに真っ暗闇になるだろう。

ゆっくりと手探りで先に進んだ。

もちろん、テレポーテーションせずに山のなかにはいれるかどうかは、まったくわからない。この山の内部に空洞があればの話だが。しかし、外部の洞窟は見せかけだけかもしれないが、どれも大昔の火山活動によってできたらしい。となると、内部にも空洞があるのはかなり確実だ。

ネズミ＝ビーバーはそもそも、自分でもなにを見つけたいのかわからなかった。ただ、火山の秘密を解く以外に、逃げ道がないという状況にあるのはたしかだ。EMシェンの玄武岩とのたしかな類似性は、好都合な口実だった。

なにより、説教をしようと思っているローダンへの口実になる。

まだほんの十メートルも洞窟のなかにはいっていなかったが、投光器の光に照らされたものを見て、心臓の鼓動が速くなった。ここ数時間なにも食べていなかったし、けなげにも空腹を忘れようとしていたのだが、大量のキノコを見たとたん、口のなかに唾がたまった。

薄明かりのなかにびっしりと、列になって生えている。だれかが栽培しているのだ。豊饒な火山灰に恵まれているクリルの部族にちがいない。

グッキーは岩に近い畝のそばにしゃがみこみ、特別きれいなキノコだけをとった。ぜんぶが人工的にここで栽培されている。毒キノコであるはずはない。

傘の部分がすばらしく美味だった。一本牙にもやさしく、柔らかだ。かたいニンジンは牙に負担がかかる。

やっと満腹になると、もっと探そうと思い、あわててメンタル・バリアをふたたび構築した。一瞬、忘れていたのだ……これがラッキーだった。あとになってわかるのだが。洞窟はますますせまくなっていった。山の内部につづく細い道があるだけだ。なんの跡もないのは、マリンゴが山の内部にそれほど深く進入しなかったということだろう。父なるプルサダンへの畏怖の念は、探究心よりも強かったのだ。

グッキーはメンタル・ブロックをゆるめた。山から出る謎の放射が、フェルマー・ロイドからのテレパシー・コンタクトをじゃまするのを期待したのだ。そのかわりに火山のインパルスが、いままたかなりはっきりとはいってくる。

困惑して立ちどまった。突然、べつのインパルスをうけたのだ。たしかにメンタル・インパルスで、有機生物から出ているにちがいない、本物の思考パターンだった。

すくなくとも、ある程度の知性を持つ生物からだ。

火山のなかに生物がいる可能性があるのだろうか？

グッキーはせまい道を慎重に進んだ。すでにまったく方向がわからなくなっていたが、この巨大なものの中心部に近づいていることは本能的にわかった。やがて、なめらかな岩壁の前に出た。道はそこで終わっている。

投光器の光でそう見えただけかと思ったが、その岩壁があまりになめらかで、たいらであることに気づいた。自然にできたものではなさそうだ。つまり、この岩壁の向こうから実際の通廊がはじまっているのかもしれない。岩壁は人工的なバリケードなのだ。だれが設置したのかという問題がのこるが。

すぐに岩壁の向こう側にテレポーテーションしてもよかったが、壁の厚さに探りをいれるのはテレキネシスでもできなかった。なにかがそれを阻（はば）んでいた。それに、疲労感が強くなってくる。しかし、このところのがんばりを考えると不思議ではないから、そのことは深く考えなかった。

岩壁の縁のあたりを入念に調べて、探しているものを見つけた。ほんのわずかな隙間が扉の輪郭のようになっている。岩壁を封じている場所だ。

もう一度テレキネシスを使った。今回は直接だ。

ゆっくりと扉が開いた。ネズミ＝ビーバーはできた隙間にすばやく滑りこむ。扉はふたたび閉まった。

目の前に通廊があらわれ、とても大きい空洞に通じていた。赤みがかった弱い光で満ちていた。光は壁から出ているようだ。まるで、煮えたぎる溶岩が透明壁から照らしているかのように。

グッキーは投光器のスイッチを切った。EMシェンと似ているインパルスの放射が強くなった。しかし、生物のものらしい多くの個体メンタル・インパルスにはかなわない。

ネズミ＝ビーバーはさらに慎重になった。また歩きだす。火山のなかで生きている、その生物を見つけなければならない。マリンゴとのある程度の類似性を超能力で確認できたとしても、その思考インパルスを手がかりに正体を見きわめるのは不可能だ。

最初の通廊は右と左に分かれていた。グッキーはその一方をたどった。すると、十数メートルほどで畑についた。こんなときでなかったら、ちいさな地下の楽園にきたような気がしただろう。細かい粉状の火山灰の上に、丁寧につくった長い畝がある。そこに、さまざまな植物が栽培してあったのだ。それが食用でないならば、まずここには植えないだろう。

そこはほかよりも暖かく、空気はさわやかで、比較的乾燥していた。埃っぽくないし、驚くほど酸素含有量が多い。まわれ右をしてさっきの空洞へもどる前に、グッキーは何度か深呼吸をした。

足を速めた。もう慎重さはなくなった。グッキーのメンタリティによれば、こんな畑をきびしい条件のなかでつくった生物が悪質なわけがない。その生物をもっとよく知るには、探さなければならない。好奇心が膨らみ、いつのまにかこの調査の本来の目的を忘れていた。

それにしても、疲労感が増してくる。これを警告とうけとらなければならなかったのだが、知的好奇心がほかのすべてに勝った。いざとなったら、いつでも外へテレポーテーションして出ることができる。自分にそういいきかせた。

いまは山頂火口の真下、二、三キロメートルあたりにいると見当をつけていた。慎重に《ダービー》の乗員の思考を見つけだそうとしたが、謎の住民の思考があまりに強く、見つからない。

赤く弱い光に惑わされ、グッキーはもうすこしで目の前に突然あらわれた奈落に落ちるところだった。脳と意識が目の前にあるものをゆっくりと理解した。すごいというほかない。

上から下にまっすぐのびる、円形の縦坑の縁に立っていた。直径は百メートル以上ある。規則正しい間隔で幅ひろい裂け目がある。その下に、グッキーが歩きまわったものと似た空洞があるのだろう。

上を見ると、ちいさな明るい光点がある。恒星だ。山頂火口の地面にはまるい穴があって、そこから地下の空洞世界に新鮮な空気が流れこむのだ。

思考インパルスが強くなってきた。集中し、それぞれのパターンをよりわけていたとき、見つかっていたことを知った。だれかが目の前に立ちはだかっていたのだ。

武器は持ってきていなかった。べつにかまわない。相手は平和的な生物だと思ったからだ。それに、自分のミュータントとしての能力をあてにしていた……すこしここでは弱まっているとしても。なにかが起こるまで、しずかに待っていた。

その者たちは突然あらわれて、グッキーのまわりに半円形に立った。円である必要はなかった。反対側は断崖だったからだ。この火山の住人がマリンゴと似ていることに気づいても、グッキーは驚かなかった。ただ、頭の上に角がない。またしても下層民だ。平原には住まずに、火山のなかにはいったのだろう。自分たちだけで暮らすためだ。

グッキーは両手をあげて、敵意のないことをしめした。理解してくれることを願ったが、角なしたちは不信感をあらわにしている。ひどい経験をしたにちがいない。

六、七人が歩みでて、グッキーに襲いかかった。グッキーは抵抗しなかったし、すばやいテレポーテーションでかくれようともしなかった。好奇心が勝ったのだ。逃げるにはまだ時間がある。

〈賢明なる父のところに連れていこう〉という思考を、グッキーは受信した。高く持ちあげられ、運ばれていくときだ。また疲労感が襲ってきたので、ちょうどよかった。いまはただ眠りたかった。しかし、目は閉じないようにしていた。

最初の側廊は数メートル行くと、正真正銘のらせん階段になっていた。これは調べていなかった。上につづいている。つまり、一階ずつのぼっていけるのだ。マリンゴはどうやって山のなかにこんなに複雑な施設をつくることができたのだろう。

それとも、だれか力を貸す者がいたのだろうか……？

さらにべつのことを思いついた。角なしのマリンゴはたしかに異質ではあるが、やさしく響く声で会話している。頬袋がないから、歌わないのだろう。頬袋は数百年たつうちに退化したにちがいない。

捕虜を連れた一行は、いくつかの階をのぼって大ホールについた。そこはこれまでの洞窟とも違っていた。壁ぎわには火山岩でできた手のこんだ彫像がいくつも立っている。たぶん、功績のあった角なしマリンゴの像だろう。円形台座の上に立っていて、生きているかと思うほど、ほんものそっくりに見えた。

そのようなホールをふたつ通りぬけてから、なんの前ぶれもなくグッキーは解放された。地面に勢いよくほうりだされ、そのまま動かずにすわっていた。まわりの者はこれを、降伏か畏敬の念をこめた行為と見たのかもしれない。襲いかかってくる思考の流れがまったく友好的になったからだ。

グッキーはそのとき、突然に搬送が終わった理由がわかった。目の前の溶岩の玉座に、老齢のマリンゴがひとりすわっていたのだ。興味深そうに見おろしていて、この奇妙な生物がいったいどこからきたのかと、頭を悩ませていた。

グッキーは主導権を握ると決心した。玉座の前にすわったまま、さかんに手振りをまじえ、よくわかるように話をした。〝賢明なる父〟がクリル同様に賢明だといいのだが。

「お目にかかれて光栄です。ご健康であられることを。あなたたちが父なるプルサダン内部の大帝国に住んでいると聞いて、訪ねてきました。あなたたちはここにいることをよろこぶべきです。外では一本角、二本角、四本角たちが石の投げあいをやっています……」

角のことをほのめかすと、低いつぶやきがひろがった。憎しみに満ちた思考が、角のある親類への愛情のなさをはっきりとうかがわせた。グッキーは機転をきかせて、両手で自分の頭をなで、角なしであることを強調した。これにより、火山のマリンゴたちはまたもや友好的な雰囲気になった。

賢明なる父とネズミ＝ビーバーとのあいだにかんたんな意思疎通の方法が見つかるまで、ほぼ二時間かかった。それでも、次々に披露されたのはわかりやすい話だった。

はるか昔、両親がどんなに努力しても角の生えないマリンゴが、突然に生まれるようになった。そのまま共同体にとどまることは許されたが、一段下としてあつかわれ、もっともいやしい仕事につくことしか許されなかった。

時がたつにつれて、ますます多くの角なしが生まれた。その結果、数の上で優勢になり、影響力を持つようになった。

それを阻止するため、一本角の場合と同じように、強制移住がはじまったのだ。その不公平なあつかいは、まずは双方に意見の相違を生んだ。やがて、差別される側の者たちは支配者側の四本角に対して本格的な蜂起を起こした。結局、角なしたちは自分たちだけの共同体をつくることを決心した。

絶え間ない迫害を避けるために、ほかのマリンゴたちがけっして足を踏みいれることのない、険しい山の頂上にうつってきたのだ。角なしたちは、火口のなかが快適な温度で、非常に豊富な植生があることを確認し、定住した。

伝説が伝えるところによると、ある日、山頂火口のまんなかに穴があいた。それはまっすぐに山のなかにつづいていた。最初の勇気あるマリンゴが思いきってなかにはいり、長い時間をかけて、安全で心地よい世界を見つけた。だれがそれをつくったのかは考えなかったが、すべては自然のものに見えた。多くの洞窟と通廊をおたがいに結んで、ひとつのものをつくりだすには、長くきびしい作業が必要だっただろう。

角なしたちはしだいに火口をはなれ、種を持って山の内部にはいっていった。その種から驚くほどたくさんの野菜や果物が収穫できたのだ。

ときおり、角なしマリンゴの小グループがあらわれて、共同体にうけいれてほしいとたのんできたが、四本角はただの一度も攻撃してこなかった。

「ここでわれわれはとても平和に暮らしている」賢明なる父は報告を終えた。「われわれのなかから選ばれたひとりの者が、仲間を導き、仕事を分配する。いまはそれがわたしである。ところで、見知らぬ者よ。いつ仲間のところへもどるつもりだ?」老齢のマリンゴが見おろすと、グッキーは玉座の前の地面にまるくなり、気持ちよさそうに眠っていた。賢明なる父の規則正しい思考の流れによって、夢の国に運ばれたのだ。

「部屋に連れていけ」賢明なる父は寛大な処置を命じた。「起こさないように。長く歩いて疲れたのだろう」

だが、ネズミ＝ビーバーが疲れたのは、長く歩いたことが原因ではなかった。原因はなにかべつのもの、謎のもの、未知のものだった。

＊

ペリー・ローダンは《ダービー》に、《ダン・ピコット》の艦内にもどるよう命じた。ミルコ・ハンネマからくわしい説明を聞くためだ。グッキーのことはいまのところ心配していなかった。テレポーテーションでいつでももどってこられるからだ。《ダン・ピコット》はまだ星系内にいて、火山惑星のまわりで円軌道をめぐっていた。

だが、フェルマー・ロイドのほうは、見かけほどおちついても、安心してもいなかった。グッキーにはたえずコンタクトしていたが、ほとんど一方通行だった。はっきりとした理由もなく、しょっちゅうテレパシーがとぎれるのだ。

フェルマーがもどってくるように要求したとき、ネズミ＝ビーバーはかなり厚かましいやり方でそれを拒み、さらにはフェルマーのいうことがひと言も理解できないかのようにに行動した。そこでやっとフェルマーは合点がいった。コンタクトが最終的にとだえたとき、自分の考えに確信を持った。

の内部へと侵入することを決心したときだ。

一度だけ、短いコンタクトが成立した。グッキーがキノコにかぶりつき、さらに火山の内部へと侵入することを決心したときだ。

そのあとはもうない。

ラスもいまは同様におちつかないようすだった。

「ペリーに連絡する潮時だ。われわれ、こうした〝長期保存品〟がどういうものか、知りすぎるほど知ったではないか。玄武岩モノリスにしろ、この火山とやらにしろ……」

「ちびをぶちのめしてやる！」フェルマーは相手の話をさえぎった。心配と怒りが同時にこみあげてくる。「いつかあんな自分勝手な行動などできなくなるだろうさ」

「グッキーの自分勝手な行動は、いままではたいていいい結果をもたらした」ラスはなだめるようにつぶやいた。「今回もそうだといいのだが」

「どうなるか知らないが、そうなるように心を配るしかないだろう。その惑星を訪れていいかどうか、ペリーにたずねよう。グッキーは火山のなかにかくれていて、自分からメンタル・インパルスを発していない。もしかしたら、助けが必要なのかもしれない」

「ふむ、そうかもな。それでは、チーフと話そう。あまり機嫌がよくないが、こっちはふたりだ。大目玉を分担できる」

「こっちは大目玉なんかくらわないさ！」フェルマー・ロイドはいった。「その楽しみはほかのだれかのものだろう……」

ふたりは複雑な気持ちでローダンのところへ向かった。ローダンはいま、ミルコ・ハンネマから細かいことを聞きおえようとしていた。

「こういうしかないな、ミルコ」ローダンはそういって、はいってきたミュータントたちにうなずいてみせた。「きみたちはグッキーの甘い言葉にまんまとだまされたのだ。実際には、ちびは《ダービー》を乗っとり、きみたちはだれもそれに抗議しなかった。われわれは異種族の揉めごとに首をつっこむためにここにいるのではないぞ。ポルレイターの手がかりを追っているのだ」

「火山はその手がかりの一部なんです」ハンネマは弁解した。「それをネズミ＝ビーバーはまず第一に考えています」

ローダンはため息をついた。

「それはたしかだが、そこが問題なのだ。グッキーはいつもずる賢く、自分の身勝手な行動を、最後には〝人類の幸せのため〟ということにする。そうなると、きびしい批判ができなくなる」そこでミュータントふたりに目をやった。「なにか新しいことがわかったか？」

「新しいこと……？」フェルマー・ロイドはゆっくりとした口調でいった。すこし不安そうだった。「そもそもグッキーはメンタル・ブロックをはっていて、コンタクトは不可能です。新しいことなんかないですよ。最後のコンタクトで、火山のなかにはいりこんだらしいということはわかりますが」

「その後は？」

「まだなにも」フェルマーはもう一度認めた。

「では、どうする？」ローダンはたずねて、ＥＭシェンの玄武岩の奇妙な影響を思いだし、心配になった。「どうやら、火山は玄武岩モノリスと似た特性を持っているようだ……ひとつあげるなら、数千年の時をこえて保存されてきた。もし、火山がいまなお同じようなインパルスを放射しているならば、グッキーはどこかの洞窟に横たわって、永遠に眠りこんでしまうぞ。そうなると、論理的な結論は……」

「……われわれがグッキーを助けだします」ラス・ツバイはその言いぶんを完成した。

ローダンがためらいがちにうなずくまで、今回はほぼ一分かかった。

「もちろん、やってみよう。しかし、危険が大きすぎはしないだろうか？　グッキーはべつとして、ミルコとニス兄弟のほかにまだだれも、火山に近づいたことはない。ミルコはいつもと違った疲労感をほんのすこし感じ、ニス兄弟は感じなかったという。つまり、きみたちミュータントはどうなるかわからない」

「まぶたが閉じそうになったら、すぐにひきかえします」ラスは目でフェルマーに合図してから、約束した。「しかし、フェルマーは火山のなかならきっとグッキーとコンタクトできますよ。われわれはあいつをひっつかまえて、テレポーテーションします」

「ラスとフェルマーを《ダービー》に乗せて、火口に着陸することを提案します」ハンネマがいった。「危険でないことはわかっているので。それなら行方不明者にいちばん近いのはたしかですし、コンタクトをとれる可能性はもっとも大きいのでは」

「いい提案だ」ラスは認めた。

フェルマーも了解した。

「いいだろう」ローダンはあきらめたように、「そうしよう。もうひとり地質学者を連れていってくれ。多少は見物ができるだろう」

「いつ出発しましょうか？」

「わたしがほかのスペース＝ジェット三機に連絡したら、すぐに。三機を火山の二十キロメートル上空にとどまるようにさせる」

ローダンは三人が出ていくとすぐに、インターカムのスイッチをいれた。艇長たちに情報を伝えるためだ。

6

それからの出来ごとをおちついて再構成してみると、たったひとつの事実が救助活動を遅らせ、より複雑にしていたことが、だれの目にも明らかになった。グッキーにとって、火山の謎のインパルス放射や、それがひきおこす疲労感よりも、新鮮な野菜のほうが重要だったのだ。

ネズミ＝ビーバーは夢を見ていた。意識の奥底にある記憶が、この魅惑的な夢を生みだした。ひそかな希望をすべて満たしてくれる夢……とりあえず、そう見えるだけだとしても。はてしなくつづく野菜畑のまんなかにすわっていた。乾燥品や缶詰以外ではお目にかかれないようなものが、かなりの種類、栽培してある。グッキーは両手で自分のまわりに手をのばし、いちばんおいしそうなものをとってむさぼり食べた。なんと、一本だった牙が急に三本になっている……奇蹟だ！　食べる速さも三倍になった。そのテンポに乗って、実や柔らかい根っこを胃に送りこむ。

右足がなじみ深いものに触れた。慎重にそこへ移動して、りっぱなニンジンをじっと見つめた。

驚きとよろこびで、勢いよく立ちあがった。長いあいだ食べたかったごちそうをほおばり、ゆっくりと味わって食べる。

残念ながら、そこで目がさめた。

四肢がまるで鉛のように重い。地面に寝ていたとわかって、いっそう驚いた。すぐ横に簡易ベッドがあり、敷き物にはからだのかたちがのこっている。そこに寝ていたにちがいない。

ありていにいえば、よろこびのあまり、ベッドから落ちたのだ。夢があまりにも現実味を帯びていた。

すぐにまた目を閉じようとした。もう一度眠るためだ。りっぱなニンジンと、ほかのすべての実がまた頭に浮かんだ。たしかにあれはただの夢だったが、洞窟菜園は実際に存在したではないか！　自分の目で見たのだから。

考えると、それをあおるように腹が鳴った。すてきな夢のせいで、とても空腹だった。

突然、口のなかに唾がたまった。また腹いっぱい食べたとしても、角なしのマリンゴたちはなにも文句をいわないだろう。

やっとなんとか立ちあがった。全身が麻痺したような疲れを感じる。立っているだけでも全エネルギーが必要だった。グッキーは岩の部屋を出て、通廊にきた。最初の門を曲がって数メートル行くと、らせん階段が下にのびている。

進入してくる思考インパルスは例外なく平和的で、もう気にならなかった。しかし、そのなかに、不安にさせるべつのなにかがある。定義しがたいものが近くにあるのだ。EMシェンの玄武岩モノリスをなぜか思いだした。それとともに、説明のつかない疲労感が襲ってきた。

グッキーは洞窟菜園へ行きたいという思いだけで、まっすぐに立っていた。つまずき、よろめきながら、らせん階段をおりる。マリンゴには会わなかった。やっと下の階にたどりつく。もともとそこを通って火山内部にはいったのだ。

あとはかんたんだった。歩きながら眠っていたかもしれないが……転ばないように、あちこちの壁に手をついて歩いた。側廊はどれも同じに見える。三度迷って、菜園に通じる側廊をやっと見つけた。

希望の目的地についたのだ。

自分がどこにいるかたしかめることもせず、行きあたりばったりに、畑のまんなかにすぐにすわりこんだ。うまそうな果物がなっている。パイナップルを思いだした。すわった姿勢から、すぐに横になり、眠りこむのに時間はかからなかった……たらふく食べようと思って必死で眠気と戦ったにもかかわらず。

睡眠状態で、思考がまた制御不能になっていた。メンタル・ブロックはもう消滅していた……

＊

ミルコ・ハンネマは惑星への着陸のさい、マリンゴたちが全員、戦闘行動を停止しているのを確認した。はるか遠くの平原では一本角たちが解散していた。それぞれ隊を組んで、さまざまな方向にある自分たちの村に向かっている。そうかんたんに忘れられない教訓を得たのだ。

斜面の住人は地震で崩壊した自分たちの小屋を再建し、落ちてきていた火山灰をいまある土と混ぜて、地質を改良している。

《ダービー》は火口のなかに降りていった。最近の噴火の跡がないので、ハンネマは驚いた。ここではとくにひどかった火山灰を、繁茂した植生があっさりのみこんでしまったにちがいない。火口の岩壁にかこまれた谷はまた緑一色だった。

スペース＝ジェットはたいらな谷底の内側の斜面近くに着陸した。ハンネマは乗客たちのほうを振り向いた。

「わたしにできるのはここまでです。降りますか？」

地質学者は立ちあがった。

「わたしはいずれにしても降りなければならない。いくつかの調査をするようにいわれているんだ。残念ながら、サンプルを持って帰ることは許されていない。チーフがそれは危険すぎるといっている」

着陸作業のあいだ、ほかの者たちからはなれてひとり通信室にすわっていたフェルマー・ロイドが、司令コクピットにはいってきた。

「グッキーはどこにもいない。ラス、われわれもほんのすこし新鮮な空気を吸ってこよう。外のほうが連絡がつきやすいかもしれない」

全員、艦内用の軽コンビネーションを着用していた。耐圧スーツは不要だからだ。ネズミ＝ビーバーも特別な防護装置なしに火山にはいっていった。どこまで行ったかはだれもわからないが……

地質学者は分析装置がはいった箱ふたつを持って、いいサンプルがとれると思われる斜面のほうへ向かっていった。ラスとフェルマーはその反対方向に向かう。ふたりは《ダービー》からはなれて、火口の谷底の中央付近に近づいていく。スペース＝ジェットのなかには、ハンネマがのこった。

地面が湿っている場所がいくつかあった。水はすぐに地面にしみこむらしい。小川や沼も、あってもよさそうだが見あたらない。草は茂っていて、膝のあたりまでのびていた。藪があって、あたりの景色に変化をつけている。

フェルマーが突然、立ちどまった。頭をすこしかしげ、耳をすましている。フェルマーとつきあいが長いラスも数歩歩いて、同じように立ちどまった。テレパスがなにかを受信して、それを分析しようとしていると、わかっていたのだ。

フェルマーが沈黙を破るのを、ラスは辛抱強く待った。

「火山から非常に多くのインパルスが出てくる。わたしが方向を正しく認識していればの話だが。マリンゴたちは外の斜面と平原だけではなく、山のなかにも住んでいるようだ。それだけじゃない。一瞬だが、グッキーとコンタクトがとれた」

「やれやれ、ありがたい！」ラスは小躍りしてよろこんだ。「グッキーは……」

「ありがたがるのはまだ早い。それはたんに夢を見ているときのコンタクトだったようだ。思考はコントロールされていないし、とても奇妙だった」

「奇妙？」

「そうだな、グッキーにとっては奇妙ではないのかもしれない。巨大な野菜畑のまんなかにすわって、腹いっぱい食べていた。そのあとメンタル・インパルスはふたたび消えた。しかし、そんなすてきな夢を見るくらいなら、まだ生きているにちがいない」

「悪い夢でも、同じことだろう」ラスはそっけなくいった。「グッキーが山のなかに、つまり、われわれの足の下にいると思うか？」

「いまはかなり確信がある。テレポーテーションしようか？」

「ほかに方法がなければ、いいだろう。でも、もうすこし先に行ってみよう。上からなにかおもしろいものが見えたような気がする。大きなまるい穴が火口のまんなかにあいてるんだ」

「穴だって？　内部への入口なのだろうか？」

「わたしにわかると思うか？」ラスはそういうと、ふたたび歩きだした。「いずれにしても、それがあればこっちの仕事は楽になる」

数百メートル進むと、もう垂直に下に向かう縦坑の縁にきた。直径は表面でゆうに二十数メートル近くある。下にいくにつれて、かなりひろがっていた。

壁はなめらかで、出っぱっているところはない。まるで人工的に加工されたようだった。マリンゴにできるとは思えない。火山にできた通常の縦坑でもない。それならば、溶岩と灰を地表に噴きあげた跡があるはずだ。

フェルマーはうなずいた。

「この下にマリンゴたちが住んでいる。それをはっきりと感じるんだ。しかし、登り口も降り口もない。階段か、梯子（はしご）を見たか？　この縦坑は換気に使われているのだろう。もし、下に行きたければ、テレポーテーションするしかない」

ラスは腹ばいになって、恒星の弱い光がかすかに照らす穴のなかを見た。その下に開口部があり、水平に山中につづいている。そのいくつかにはちいさなテラスのようなはり出し部分があった。まるではりつけられたように見える。すぐ近くのものなど、表面の下、二百メートルのところにあった。

「わたしひとりでやってみる」ラスはしばらくしていった。「火山の内部に障害となるようなエネルギー・フィールドがあるかもしれない。ひとりのほうが楽にできる。うまくいったら、もどってきて、きみを連れていくよ」

フェルマーはうなずいてから、またグッキーの思考インパルスを探しはじめた。だが、インパルスを出しているとしても、より強いマリンゴの思考におおわれてしまうだろう。

ラスはもよりのテラスに狙いを定めてテレポーテーションし、うまく目的の場所で実体にもどった。しかし、ちょうど通廊から出てきて、縦坑からの新鮮な空気を吸おうとしていたマリンゴふたりを、死ぬほど驚かすことになった。

ラスはあわてて火口表面にもどった。

「なんてことなかったよ」ラスは報告した。「テレポーテーションは完全に通常どおり機能する。ただ、EMシェンでのような現象がまたはじまるような気がする。足が鉛のように重い！　疲れる！」

「それじゃ、急ごう」フェルマーは心配になって警告した。「眠りこんでしまう前にグッキーを見つけなければ。わたしはまだなんとか元気だ。よし、出発！」

「マリンゴたちとの意思疎通を試みてくれないか。友がどこか下にかくれているなら、力になってもらえるのはマリンゴしかいない。グッキーと同じやり方でやってみるんだ」

テレポーターはフェルマーの手をつかんで、ジャンプした。テラスの上でぶじに再実体化する。マリンゴふたりはまだそこにいて、今回は二倍驚いたようだ。しかし、逃げださなかった。

フェルマーは歩みよって、恐れる必要がないのでおちつくようにと、しぐさで伝えた。それから、両手でグッキーの大きさをしめし、大げさな身振り手振りでネズミ＝ビーバーの尻尾を説明し、ひとさし指でだれが見てもわかる一本牙をつくった。

テラスはこの演技を真顔で見ているのに苦労したが、フェルマーに役者の素質があることは認めざるをえない。マリンゴたちにある程度の知性があって、論理的に考えることができるならば、こちらがなにをきこうとしているかわかるはずだ。

火山の住人ふたりの思考過程がととのってきたことがわかり、フェルマーはうれしかった。退化した頰袋から説明できないような音が出てきたが、考えていることはよくわかった。

ネズミ＝ビーバーと思われる外見の生物がここにあらわれて、賢明なる父のところへ連れていかれ、そこで眠りこんだという。洞窟の部屋のベッドに運んだが、そこから跡形もなく消えたらしい。

それ以来、未知訪問者を見た者はだれもいないようだ。

フェルマーはラスにわかったことを教えて、

「これで振り出しにもどった。ふたりはグッキーがどこにいるか知らない」

「どこかすみっこに横になって眠ってしまったのだろう。きみがインパルスをとらえられなかったら、見つけだすのに何年もかかる」

「自分たちの迷宮に異人が出現したのに、マリンゴたちが騒がないのが不思議だ。ここのふたりはすでにまったくべつのことを考えている。われわれやグッキーのことをもう忘れているようだ。行こう」

「どこへ？」

「わからない。運を天にまかせるしかない。マリンゴのメンタル・インパルスに負けないほど強いグッキーのインパルスが見つかることを願おう」

楽観できるような根拠もないまま、ふたりはテラスの向こうの岩の空間にはいり、山のなかにつづく通廊に出た。マリンゴふたりはそれを気にするふうもない。

通廊は洞穴のようだった。左右にさらに分かれている。まだだれも行ったことのない場所につづいているらしい。もうマリンゴにはひとりも会わなかった。インパルスも弱くなった。岩壁が思考の流れを通常よりも強くさえぎっているらしい。

「まだなにも見つからないか？」ラスはしばらくして、辛抱しきれずにたずねた。「ほかを探したほうがいいかもしれないな」

フェルマーは立ちつくしている。

「ちょっと待て！　グッキーの思考パターンかもしれない」

フェルマーは必死で耳をすましているようだ。ゆっくりとその場でまわっている。やがて、これまでの進行方向から左に分かれている側廊を指さした。

「これがグッキーのものだったら、そっちにいるにちがいない。思い違いでなければ、また眠って夢を見ている」

「こっちも眠りそうだ」ラスはいった。「急がなければ」

その側廊も、数十メートル行くと洞窟に出た。ミュータントふたりは人工的につくられた菜園を見て、目的地に到達したとはっきりわかった。

「いったいグッキーはどこにいるんだ？」ラスはたずねた。畑をくまなく探したが、見つからない。見たこともない植物が、ところどころ数メートルもの高さで生えていた。

「方位測定を！」

「もうやっている」フェルマーは答えて、突然に感じはじめた疲労と懸命に戦っていた。

「なにかがじゃまをして、グッキーのインパルスを弱めているのだ。インパルスがあまりに不定期にくる。しかし、方向は見つけた。ここから直接、火口にテレポーテーションできると思うか？」

「いまのうちなら……たぶん」

フェルマーは慎重に進んだ。植物には配慮せず、いくつかを踏み荒らした。時間がないのだ。疲労感は一歩ごとにはっきりと強くなっている。

フェルマーはラスに合図した。

「こっちだ、ここにいる。熟睡している」フェルマーはかがみこんだ。「目をさませ、グッキー！　すてきな休暇は終わりだ！」

ラスは駆けよってきた。

ネズミ＝ビーバーがからだをまるめて、パイナップルのような果物のあいだに横たわっている。その顔には幸せそうなほほえみが浮かんでいた。友が少々乱暴な起こし方をしても、目をさまさない。それどころか、大きないびきをかきはじめた。

「このまま連れていこう」フェルマーは提案した。「こっちはもうしっかりと抱いた。きみがテレポーテーションできるといいのだが」

ラスは最後の力を振りしぼって、クレーターと《ダービー》に意識を集中した。しかし、かぶりを振った。

「テラスに行って、目的地を直接、見なければだめだ。そのねぼすけをひきずっていかなければならない。幸運なことに、ちびはそれほど重くないが」

そうはいっても、大変なことだった。グッキーは目をさまさず、まるで粉袋のようだったからだ。おまけに、フェルマーとラスはどんどん弱っていく。ふたりは疲れきり、やっとのことで、さっきはなれたテラスにたどりついた。

「一分間、休憩させてくれ」ラスはたのんだ。「そうすれば、またやれる」

フェルマーは壁にもたれかかった。グッキーを抱いたままだ。

「この火山の秘密に一歩も近づけなかったな。グッキーがなにも見つけていなかったら、われわれのここでの滞在は完全にむだだった」

「戦争を阻止できた……それがひとつ！　ふたつめは、ポルレイターのかくれ場への手がかりがあった。わたしはまったくむだだったとは思わない」

フェルマーはラスに近づくと、その手をとった。

「疲れてぶっ倒れそうだ」

ラスはうなずいて、縦坑の上端の白い光点に集中し、テレポーテーションした。

＊

ミルコ・ハンネマは何回か《ダン・ピコット》と連絡をとったが、新しい報告はなにもなかった。ミュータントふたりは谷のどこかで姿を消したきり、なんの連絡もない。斜面では地質学者がサンプルを採取し、その場で分析している。

二時間が過ぎ、三時間が過ぎた。恒星はすでに西に沈みそうだ。すぐに夕暮れになるだろう。

ローダンの焦燥は不安に変わった。

「なんとかしなければならないな、ミルコ。なにか起きたのかもしれない。せめて飛翔ミニ・スパイを送りだそう。縦坑を調べるのだ」

マイクロ・カメラがついたちいさなゾンデは、シガ製だ。遠隔操作ではっきりとした映像を伝えてくる。低い高度でクレーターをくまなく探したあと、火山のなかにつづいている縦坑の真上に行った。

ハンネマはその映像を《ダン・ピコット》に送った。ローダンはスクリーンの前にすわって、細かいことをすべて頭にいれた。スペース＝ジェットのハンネマに、ミニ・スパイをシャフトのなかにいれるように伝える。

おや指の爪ほどの大きさだが、すばらしい技術の品だ。ゆっくりと深く沈んでいくと、鮮明な映像を伝えてきた。それでも、探しているものの手がかりは見つからない。いくつかのテラス状の岩にマリンゴたちがいたが、ちいさな装置には気づかない。

突然、《ダービー》と《ダン・ピコット》のスクリーンが暗くなった。

ハンネマはすぐに装置にリターン・インパルスを送った。しかし、むだだった。映像もミニ・スパイももどってこない。遠隔操作はまったく役にたたなかった。

ローダンはいったいなにが起きたのか、問いあわせようとした。すると、ラス・ツバイとフェルマー・ロイドが、スペース＝ジェットからほんの数メートルはなれた背の高い草むらで再実体化したのだ。グッキーはテレパスの腕に抱かれていた。ぐったりとして、死んでいるみたいだ。ハンネマの思考を受信したフェルマーは、安心するようにしぐさで伝えた。

「三人がもどってきました」操縦士はローダンに情報を伝えようと、外側カメラをミュータント三人に向けた。「数分後に出発します」

*

グッキーを襲った未知のインパルスは並はずれて強力だったにちがいない。そうかんたんに目をさまさないのだ。医学的な検査では健康被害はなく、ただ、すべての有機組織がはげしく疲労しているだけらしい。

「しっかりと眠ったら、またふだんどおりになりますよ」医師は自信たっぷりにいって、かぶりを振った。「こんなに疲労困憊したグッキーは、いままで見たことがない」

ラスとフェルマーは疲労回復の薬で、また元気になった。ふたりはローダンに火山内部の角なしマリンゴの地下帝国について詳細な報告をした。

「疑いの余地はありません」フェルマーは結論としていった。「火山とEMシェンの玄武岩は、外見的には似ていなくとも、ある面で同じ性質を持っているのです。それがわかったからといって、いまはどうにもなりませんが、われわれが正しい方向にいることはわかります。わからないのは……この手がかりをポルレイターが意図的に置いたのかどうか？　もしそうならば、どのような目的で？」フェルマーはさらにつけくわえた。

「これが本当に手がかりならば、の話ですが」

「それはわからない」ローダンは考えこんだ。「いずれにしても、あきらめないぞ。捜索を進める」

「M‐3の中枢部で？」ラスはたずねた。

ローダンはうなずいた。

「いますぐではない。まずは、オミクロン＝15CVにいる複合艦隊と連絡をとりたい。その後、ふたたび球状星団に侵入する。遅かれ早かれ、われわれはポルレイターたちに会うことになるだろう。いまのうちに、きみたちはグッキーの介抱をしてくれないか。元気になったらすぐに話をしたいのだ」

フェルマーはなにかいいたいらしい。しかし、ためらっている。ローダンはうながすように見つめた。

「まだなにかあるか、フェルマー？」

「ええ……グッキーのことです。また勝手に行動したわけですが、そのおかげで、すこしわかったこともありました。それを認めてやってほしいのです。つまり……」

「きみたちがいいたいことはわかっている」ローダンはフェルマーの話を軽いほほえみでとめた。「あまりきびしくしないように気をつけよう。しかし、すこしくらいの説教は当然だろう。ま、見ていてくれ」

＊

グッキーが目をさますと、背を向けて立っているスタイルのいい女看護師がまず目にはいった。自分はベッドの白いシーツの上に横たわっている。ここが安全な場所であることはわかった……眠ったふりをしているあいだは。あわててまた目を閉じた。看護師が振り向いたからだ。ベッドのところにきて、軽い毛布をきちんとかけなおしてくれた。医師がキャビンにはいってきた。

「さて、ようすはどうだね？」医師はたずねた。

「まだ眠っています、ドクター。恐ろしい目にあったにちがいないわ。かわいそうなちびさん」

〝かわいそうなちび〟という言葉で息をのみそうだったが、しずかな規則正しい呼吸につとめる。数時間ここで横になっているほうがいいだろう。それに、まだローダンと顔をあわせる気にならなかった。

「起こしてはだめだ」医師はいった。「責任を持って見ているように。自然に目をさましたら、すぐに知らせてくれ」

医師が立ちさり、ドアが閉まるのが聞こえた。グッキーは薄目を開けて慎重にまばたきし……看護師のかわいい顔をまっすぐに見た。看護師は眉を吊りあげた。

「目がさめたのですか？」見ればわかることをたずねる。

「違うよ、看護師さん。ぼくは深くしっかりと眠ってるんだ。すくなくともあと二、三時間は」褐色のつぶらな目でやさしく見つめ、無邪気をよそおった。「ぼくを裏切ったりしないよね、きれいなお嬢さん？」

女性の眉間に深いしわがよった。

「医師に報告するのがわたしの義務……」

「義務だって！」グッキーは吐きすてるようにいった。「きみの義務はぼくを元気にしてここから出すことだろ。でも、ぼくはまだ健康じゃない。まだとても……疲れていて……」

グッキーは目を閉じて、軽くいびきをかきはじめた。

看護師はうろたえた。どうしたらいいか、わからない。患者がほんの数秒間、目をさまし、すぐにまた眠ってしまったのはたぶん事実だ。待つほうがいいだろう。待ってもなんの問題もない。

グッキーは看護師の思考をテレパシーで読んで満足し、これからはもっと慎重にやろうと決心した。あやうく失敗するところだった。きっと、自慢の魅力が体調のせいで衰えているのだ。

数分後、ドアをノックする音がした。だれが訪ねてきたか、すでに超能力でグッキーは知っていた。やっときた！

フェルマー・ロイドはキャビンにはいってくると、〝眠っている〟ネズミ＝ビーバーを驚いたような目で見た。

「ミリアム看護師、グッキーはぜったいに目をさましている。わたしがそんな思い違いをするわけがない！」

看護師はとほうにくれた。

「でも……一度は目ざめましたけど……いま、また眠ってしまったんです」

フェルマーはかぶりを振って、ネズミ＝ビーバーの上にかがみこんだ。

「いいかげんにしろ、老いぼれのいたずら小僧！　眠っている最中にメンタル・ブロックを構築できるなんて、聞いたことがあるか？　わたしはないな」

グッキーは目を開けた。

「ひどいよ、フェルマー！」

「悪意はない。きみはこんなこと、いままで経験ずみだろう。それほどひどくは叱られないさ。ペリーがわたしに約束した」

「そんなの、なぐさめになんないや。ペリーになにをいわれるか、もうわかっているんだ。でも、いわない……しまった、あんたはテレパスだったんだ」グッキーは低い声でいうと、毛布をまたかぶった。「看護師さん、親愛なるドクターに、ぼくがおかしくなったといっといて。われわれ、あとでもう一度、ふたりっきりで会うことになるよ。そうすれば、きみの献身的な世話にお礼ができるからね」

グッキーはこの脅迫めいた言葉とともに、よちよち通廊に出ていった。

「どういうことでしょう？」ミリアムはたずねた。

フェルマーはとぼけた顔をした。

「ふむ、説明するのはむずかしいな。グッキーはかつて、ある意味プレイボーイとして名をはせた。かれの毒牙にかかった女たちは……」

「なんですって！　その人たち、どうなったんですか？」ミリアムはすっかりうろたえていた。

フェルマーは扉のところに行くと、

「何時間もグッキーの毛皮をやさしくなでてやるはめになった」それだけいって、すばやく出ていった。

ミリアムは閉まった扉をあっけにとられて見つめていた。それから、自分にはもっと困った義務が待っているのだということに、ようやく思いいたった。

マルチェロ・パンタリーニはナークトルとニッキ・フリッケルの件に関する懸念を、本当にローダンに報告していた。すでにフェルマーから知らされていたローダンは、そのばかばかしい疑いをしごく真顔で聞き、対処することを艦長に約束した。

ローダンはパンタリーニをよくわかっていた。自尊心を傷つければ、感情を害するかもしれない。

＊

そういうわけで、グッキーは搭載艇格納庫ですることもなく、一時間すごすはめになったのだ。ネズミ＝ビーバーはローダンに罰としてあたえられた任務を呪った。もともとの責任はもちろん艦長にある、と、怒ってひとり言のようにいうと、この屈辱の仕返しを決心した。

ニッキ・フリッケルは骨ばった体軀で、いくらか男っぽく見えるが、こうしたとっつきにくいタイプの美人はスプリンガーに気にいられるだろう。ニッキはスペース＝ジェットの搭乗ハッチにつづく短いタラップのいちばん下の段にすわっていた。もし聞き手がいれば、きっとまた勇ましい出動の話をしていただろう。しかし、全要員は、搭載艇の定期点検で忙しかった。

そこにちょうどナークトルがはいってきた。小太りで、髪の毛は真っ赤、顔一面に濃い髭を蓄えている。力強い足どりで、しゃがんでかくれていたグッキーの近くを通りすぎた。グッキーはそこから、すべてを見ることができる。自分は見られずに……

「また出歩いてるの？」ニッキが声をかけた。

「歩いてるさ。逆立ちでもしろっていうのか？」ナークトルは無愛想にいうと、ニッキに目を向けずに立ちどまった。「人のことより、自分のことをしっかりな」

「いやなやつ！」ニッキは腹だたしげにどなりつけた。

ナークトルはかまうことなく、歩いていく。搭載艇は隣り同士だったが、もうニッキに関わりあわず、艇のハッチを開けてそのなかにはいった。

恋人同士のようなふるまいなんて、まったくしてないじゃないか。グッキーはそう思い、驚いた。その先の思考は、搭載艇の第三艇長ウィド・ヘルフリッチに中断された。ウィドはニッキに親しげな視線を投げ、そばを通りすぎながらつぶやいた。

「やあ、かわいいお嬢さん、仕事してるか？」

「スプリンガーをけしかけるわよ！」ニッキは脅し文句を吐いた。

ナークトルがハッチに姿をあらわした。

「わたしを呼んだか？」

この短いやりとりを観察していて、誤解が解けた。グッキーはこの数秒間で答えを見つけたと思った。すぐに格納庫を出て、司令室にテレポーテーションした。パンタリーニとローダンが小談話室にすわっていた。

《ダン・ピコット》は加速していた。いまにもリニア飛行にうつるだろう。目的地はM－3の辺縁部だ。

ローダンは丁寧なノックの音を聞いて顔をあげたとき、グッキーがキャビンにはいってきたのがわかった。目と目があう。

「サー！」ネズミ＝ビーバーはきんきら声でいった。背筋をまっすぐのばしたので、そのままひっくりかえりそうだ。「命じられた出動から帰ってきたことを、つつしんで報告いたします」

パンタリーニは一瞬、唖然としたが、どういうことか思いだした。ローダンがこの場でいとまごいをしてくれたらありがたいのだが、硬い表情でデスクのそばにすわったままだ。

艦長は望むと望まざるとにかかわらず、ローダンが同席するまま、話をするしかない。

「あなたの精神的・肉体的労苦が報われて、すべての結果が正当と認められることを望みます。この艦において礼節と士気は最高法規であり、道徳的原則にしたがって厳正に対処するのが艦長としてのわたしの義務であることは、だれもが認めることでしょう」

それはむしろローダンに向けた言葉だった。こんどはネズミ＝ビーバーに目をやった。語調を強めてつづける。「それではあなたは、わたしが命じたように、あの恥ずべき行為の当事者たちを観察しに格納庫に行ったわけですね。あなたがニッキ・フリッケルとスプリンガーのナークトルによる不適切行為の決定的な証拠の発見に成功したものと、わが期待を表明するほかはありません。調査結果について教えていただけると、ありがたいのですが……」

グッキーは心ひそかにローダンの強い自制心に驚嘆していた。しかし、自分も思わず吹きださないように、笑いをおさえなければならない。暗い声でいった。

「ナークトルの不適切行動についてぼくが重要だと思ったのは、眼球と視神経の連携が関連しているかもしれないということだ。くわえて、視線方向を修正するさい、眼球移動筋に麻痺現象があらわれたことによって水晶体のゆがみが発生し、その結果……」

ローダンが急に立ちあがって扉に向かっていく。その表情は妙に緊張していた。

「すまない、思いだしたことがあって……」そういうと、立ちさった。

「いったいどうしたので？」パンタリーニがいつになくわかりやすい質問をする。

グッキーはわれ関せずといったようすで、

「報告は終わりにしてほしいかい、サー、それとも、あんたもわかったの？」

パンタリーニはイルトをじっと見つめた。

「いえ、気をそらされたのがとても残念です。それで、どうなったのですか？　視神経と眼球のゆがみが麻痺と関連して……わたしにはよくわからないのですが……」

「サー！」グッキーは無遠慮に相手の話を中断し、すばやいテレポーテーションの準備をした。「よりかんたんにいえば、ナークトルは斜視なんだよ」

マルチェロ・パンタリーニが感情を爆発させるまでに五秒かかった。しかし、そのときグッキーの姿はなかった。

司令室にいた全員が青くなった。パンタリーニの口から、これまで聞いたことのないような言葉が出たからだ。

非の打ちどころのない紳士という名声は、これで永遠に消えさった。ひと呼吸おいて、抒情詩人をもうっとりさせるような美文で語ったのだが……

あとがきにかえて

増田久美子

本文一八六ページにマリンゴを初めて見たグッキーが「ヴォルパーティンガーじゃないか！」と叫ぶ場面がある。マリンゴの角と皮膚のところどころに生えている毛を見て、思いついたのだろう。ヴォルパーティンガー（Wolpertinger）とは、ドイツ版ウィキペディアによればバイエルン地方のアルプスの森に棲むといわれる想像上の動物だ。スフィンクスを始めとして、想像上の生き物は古代から世界各地に存在するが、ヴォルパーティンガーは比較的新しい。二百年ほど前に登場したらしい。からだは野うさぎ、頭に鹿の角、背中にカモの羽、手と足は水鳥の姿のものが最もポピュラーのようだ。このほかにも、小動物の剝製をつなぎ合わせたさまざまなヴァリエーションがお土産として売られている。本物を見たものがまだいないので、作り手の想像力のおもむくままに制作されているのだ。剝製を不真面目に扱っていると苦言を呈する人もいる。荒唐無稽かもしれないが、ぬいぐるみやイラストでは出せないリアルさがあって、さまざまな言い伝えにも現実味が増すのも確かだ。

名前の由来も明らかではないし、呼び方も地方によって違う。ドイツ南西部の町、ドナウエッシンゲンのヴォルターディンゲン出身のガラス工が作った、動物型の小さなグラスをヴォルターティンガーと呼んだという説もある。また、年に一度魔女たちが集まる〝ヴァルプルギスの夜〟に由来するとも言われている。

雑食で、昆虫や木の根や草のほかに、ときどき小動物も食べる。臆病なので人間は襲わないようだ。捕まえたければ嵐がくる十五日前に、ジャガイモの袋に棒を立てて口を開けておき、その前に置いた蜜蠟のろうそくに火をつけて、ジャガイモのにおいでおびき寄せ、袋に近づいたところを追いこむらしい。しかし、過去に捕獲されたものの画像はどこにもなかった。若く美しい独身女性が満月の夜に、すてきな男性に森のはずれの出そうな場所に案内してもらうと、姿を見られるともいう。男性側からすれば、お目当ての女性をおびき出す口実にはいいかもしれない。

ヴォルパーティンガーは攻撃を受けると、ツバを吐きかける。ツバがかかった場所には、房状に毛が生えてしまう。さらに、身を守るためにスカンクのようにまき散らす、ひどく臭いにおいは、どうやってもとれないが、七年後に突然消えるという。

バイエルン地方出身者なら知らない人はいないといわれる。ビールと白ソーセージと並んで、バイエルン地方の名物らしい。ミュンヘンで開催される今年の「オクトーバーフェスト」のビールジョッキの絵柄にもなっている。音楽好きで、特に「バイエルン賛歌」がお気に入りだとか。ためしにドイツ人女性に画像を見せて知っているか聞いてみた。ひとりはドイツ西部のドルトムント、もうひとりはベルリン近郊出身だ。案の定、こんなものは見たことも聞いたこともないと、こちらが驚くほどびっくり仰天していた。地方の独立性が高い国ならではの反応かもしれない。ちなみに、作者のクラーク・ダールトンは南ドイツ出身ではない。

たまたま目にした〝六本木に「宇宙の入り口」できました〟とのキャッチフレーズに引かれて、森美術館で開催されている『宇宙と芸術展』に行った。各時代に人間は宇宙をどう捉えてきたのか、これからどう捉えていくのか、というコンセプトだと思う。

展覧会会場を後にして、ピロティーに出ると、ドラえもんの人形がずらりと並んでいた。なにかのイベントだろう。子供たちが記念撮影をしてもらっている。急に自分が宇宙人で、地球人が自分たちをどう見ているか、という展覧会を見てきたような心持ちになった。人間の想像力にはおよびもつかない思考法をもつ宇宙人が、人間を知るための展覧会だったような……〝六本木に「地球の入り口」できました〟というところだろうか。

訳者略歴　国立音楽大学器楽学科卒，ドイツ文学翻訳家　訳書『賢人の使者』シドウ＆ダールトン，『少女スフィンクス』フォルツ＆テリド（以上早川書房刊）他多数

HM=Hayakawa Mystery
SF=Science Fiction
JA=Japanese Author
NV=Novel
NF=Nonfiction
FT=Fantasy

宇宙英雄ローダン・シリーズ〈530〉

黒（くろ）いモノリス

〈SF2092〉

二〇一六年十月　十　日　印刷
二〇一六年十月十五日　発行

（定価はカバーに表示してあります）

著　者　クルト・マール
　　　　クラーク・ダールトン
訳　者　増田久美子（ますだくみこ）
発行者　早川　浩
発行所　株式会社　早川書房

郵便番号　一〇一 - 〇〇四六
東京都千代田区神田多町二ノ二
電話　〇三 - 三二五二 - 三一一一（大代表）
振替　〇〇一六〇 - 三 - 四七七九九
http://www.hayakawa-online.co.jp

乱丁・落丁本は小社制作部宛お送り下さい。
送料小社負担にてお取りかえいたします。

印刷・信毎書籍印刷株式会社　製本・株式会社川島製本所
Printed and bound in Japan
ISBN978-4-15-012092-4 C0197